俳句の射程

秀句遍歴

hara masako

原 雅子

深夜叢書社

現代俳句を読む

目次

秀句の風景

カバー装画
Amaryllis Formosissima
C.J. Kruimel, 1817
アムステルダム国立美術館蔵

装丁
髙林昭太

俳句の射程

秀句遍歴

原 雅子

現代俳句を読む

◉2014年

新年

例年ながら俳句総合誌一月号には新年詠がひしめくが取りたてて新年にこだわらぬ作者もいて、実感尊重か想像肯定かなど、各俳人の立脚点の相違を思わせた。

実感（現実）も想像（虚構）も、言葉にとっての血や肉だと思っているが、その言葉はどんな世界を指し示すことが出来るだろうか。さらには読み手もまた、その世界をどれほど汲みとることが出来るだろう。そんなことを考えつつまず眼を惹かれた次の作品から、

人捜す熊手を背戸にふくさ藁　　小原啄葉

小原氏は盛岡在住の人。先般の東日本大震災以降、被災地の現状を詠みつづけておられる。「人捜す熊手」とは瓦礫を掻き分けるための熊手。それが裏口に立てかけられたまま、震災から三年目の新年を迎える。日常の生活はすでに始まっている。不浄を払い客を迎えるための福藁も庭先に敷かれて当たり前のような正月の景。けれど日常と非日常が交叉していることを熊手とふくさ藁が象徴する。この対比の衝撃。即物具象の何という強さだろうか。

そしてもう一つ、この句から時事詠の難しさをも同時に知らされる。背後の状況を知らなければ「人捜す熊手」は分からない。事柄を説明出来ない俳句の宿命である。

だがそれでも、と、再び思い返す。自分の〈現在〉を大切にする限り、困難を承知で続けなければならないことはあるのだから。

毀れゆく星の無尽や若菜摘む　　佐怒賀正美

宇宙空間に生成消滅を繰り返す数多の星。この地球だって例外ではないが、それにしても人間にとっては気の遠くなりそうな規模の時間と空間。その一瞬に生まれ合わせている不思議さ。広大な宇宙に思いを馳せるのは、年の初めの何処か改まった気分のゆえかもしれない。彼方の天体と地球の一地点という対比の際立つ句だが、対比の面白さだけに終わっていないのは、「若菜摘む」行為の可憐さと、みずみずしい緑の色彩のもたらす効果が大きい。

佐怒賀氏の作品には観念を肉体化するような力技の難解さをしばしば感じていたのだが、掲出句はそのエネルギーをしばし抑えて調和をはかったような趣《おもむき》があった。

冬耕の独りづつみなおなじ顔　今瀬剛一

いちめんの冬枯れの中にぽつりぽつりと見えている人影。凍てついた田か畑か。来たるべき次の収穫のために播種前の土を鋤き起こしておく寒気のなかの作業である。おたがいが係わり合うことなく己れの仕事をこなす。その黙々たる無表情。個別の人格というものをすべて掻き消すかのように延々と続く労働のありようが言いとめられている。「独りづつみなおなじ顔」は、簡単そうにみえて案外言えない言葉ではなかろうか。

切干や昼をまはれば日がまぶし　山本洋子

解説の必要のない平明な句とはこういう作品を言うのだろう。切干と日の光、それだけである。読めば分かるといって退いていたいくらいのものだ。

かすかな黄色味を帯びて干し上がってゆく切干には家庭的で鄙びた印象がある。機械化された食品工場で大量に生産されるものとは絶対に違う。農家の庭先などに拡げて干されているに違いない。そして、正午を過ぎた日差しが強く感じられるのは確かに冬である。嘘のない感性が、突出することなく一句の景を温和に包みこむ。

小崩れの畦繕ひを餅間《もちあはひ》

茨木和生

「餅間」は最近ではあまり見かけなくなった季語である。歳時記によれば大体八日から十三日ごろまで。小正月の為に餅を搗く風習があったので、その間の時期をいうと記されている。生活様式の変化に伴い、これら民間の生活に密着した言葉が次第に姿を消してゆく。止むを得ぬとはいいながら、暮らしの実感が失われていくようで淋しい。ともあれ、掲出句からは、本格的な農作業の始まる春が来る前に、小さな手直しを済ませておこうという日常の姿がうかがわれる。それも、正月三が日の賑わいが過ぎぼつぼつ通常に戻ってはいるが、まだ小正月を控えて纏まって何をするという気分でもない。急ぎはしないがまあまあ暇のある間に、といったところ。そんな気分を「餅間」の季語が伝えてくれる。風土の自然と人の営みを濃厚に感じさせる一句。

その他の注目作、

われ老いて多感多想や寝正月　金子兜太

猿曳のづけづけと世を断じたる　行方克巳

霜晴や天にはだけて噴火口　高野ムツオ

「進化」いま

花一日妻の不憫を云はれたり　　柳沼新次

作者は俳壇に名を知られている人ではない。今回の『無事』がはじめての句集であるという。手練れから見れば素朴であるかもしれない一句一句が、しかし素朴さのゆえに力を持ち、この作者の日常を丁寧に生きる姿を確かに感じとらせてくれる。人生のひとつのかたちがここにある。

友人と連れだって桜を眺めた一日だったろうか。お互いの家族のことや家庭の事情も分り合った間柄。妻を置いての外出だが、日頃の生活を知る友の言葉がしみじみ胸に沁みる。「奥さんだってつらいんじゃないか」、ぽつりとそんな言葉だったかもしれない。

状況を伏せて読めば以上のような場面が浮かぶ。妻という存在の普遍的な哀しさをこの句から汲みとってもいい。そしてそれだけで充分に情感の尽くされた句になっている。

一句の鑑賞としてはここまでで構わないけれど、句集全体を見渡すとき「妻」が病床にあり夫である作者はその介護に当たっていることが知れる。高齢化社会の一様相が映し出された句集だが決して暗くないのは、状況を気負わず挫けず引き受けている態度から来るのだろう。自他を客観的に見ることが出来なければこのような態度は生まれないし、作者にとって、俳句表現つまり言葉は客観性を鍛錬するものであったようだ。

老人を日向に出して梅の花　　桑原三郎

思わず笑ってしまった。まるで使い古しの布団でも干すようなこのもの言いはどうだろう。三郎氏もまたすぐれて客観的な眼を持つ人である。

老人の日向ぼこ風景。だが、「出して」いるのは誰なのか。「老人」というのも相当に第三者的な語ではないか。それこれ思い合わせると、まずは老人ホームの光景など。車椅子にちんまり収まった老爺老婆の日光浴。折から庭の梅は満開で、ときおりの微風が花の香を運ぶ。気付いているのかいないのか老人たちはお行儀よく並んでいる、いや並べられている。

こう書いてしまうと、句の内容はかすかな棘を含んでくるのだがぎりぎりのところでユーモアの側にとどまらせているのが末尾に置かれた「梅の花」の効果。

そして付け加えておきたいのは、氏の作句の原点には自分すら客観視する特徴が顕著なことである。

「老人」とは実は自分自身。年を取るとこんなふうに我身を縁側に運んで、日のぬくさを楽しんだりもするのだよ、ああ梅もきれいだなあ――と、こういうことではなかったかと想像したりする。練達の人の言葉の仕掛けだったろうか。

句集『夜夜』から抽いた。本句集の読み手は〈面白うてやがてかなしき〉景色を、三郎氏の作品からしたたかに味わわされることだろう。


「進化」いま汚染水垂れあたたかし　　関　悦史

進化とか文明とか、かつて人類の未来を輝かしく指し示した言葉が、現在ほど〈滅亡〉と背中合わせに感じられることはなかったように思う。

原子炉から洩れ出た汚染水はいまもひそかに隠されつつ流れつづけているだろう。人間のみならず地球上の生きものすべてを巻き込みながら。人類を滅ぼすものは世界中に満ちているが、「汚染水」はその象徴のようだ。

この句から、人類の「進化」とはこのようなものだったかという苦い認識を突きつけられる。東日本大震災以後、俳人の間に、季語つまり自然に対する捉え方がいままでとは違う、あるいは季語が変質を迫られた、との声が聞かれた。それがどのように作品に反映されたか知るところ少ないのだが、掲出句にその一つの表われがあるように思う。

季語の本意からいえば、「あたたかし」は春ののどかさや幸福感を内包する。しかしこの作品はそのような共通理解を逆手にとって「あたたかし」の裏にたちこめる不穏な気配へと転じている。ひたひたと足元を浸しはじめている崩壊の予兆をよそに、カッコ付きの進化を疑わない人間たち。この、なまぬるい「あたたか」さ。

老いの冬蛸足配線心せむ　山崎房子

山崎氏は石田波郷の弟子であった清水基吉を師として「日矢」を継承主宰。芥川賞作家でもあった師の、良い意味でのゆとりある作風を吸収して伸びやか、且つ健やかな感性が身上である。ゆとり、というのは俳句の言葉に余計な負担をかけていないということ。

詩になるとは到底考えられないつまらぬ材料が、この人の手にかかると俳味溢れる一句に仕上がる。蛸足配線が俳句になろうとは思ってもみなかった。住み古りた家。自分も年を重ねた。道具も増えたが余計なコードも床を這う。さあ転ばぬように元気な老後を。

春の雪

巡礼や霞に雪の山ほのか　　澤　好摩

ここでの「巡礼」は他者ではなく作者自身と解したい。巡礼を思い立つ心とはどのようなものであったのか。いくつもの霊場をめぐりつつ道の半ばで眼に映ったのが「霞に雪の山ほのか」な景色であったとは何というやさしさだろう。辺りはすでに春の気配に包まれている。うっすらと刷かれた霞の奥に、まだ雪を被った山容が浮かび上がる。

一昨日はあの山越えつ花盛り　　去来

が思い出された。こちらは旅情に重なる花の景色である。

上掲句に、冬の厳しさを過ぎた春の空気を殊更に感じたくなるのはこの所為《せい》かもしれない。けれど両句のこころに大きな隔《へだ》たりはないように思われるのだ。

澤好摩氏は、前衛俳句の中核的存在であった高柳重信に親炙した人。一字一句を揺るがせにしない俳句文体は近年多く見かける緩い表現と一線を画している。先述の句もそうだが、〈切れ〉

についての周到な心配りが見受けられる。近年、句集『光源』が上梓された。

方丈を吹き抜けてはや秋意あり

これはその中の一句。本句集により芸術選奨文部科学大臣賞受賞。

火を見つめ十一月を惜しみけり　　大木あまり

去りゆく季節を惜しむ心は、古来詩歌では春・秋に深いもの。体感としても過ごしやすい時期だが、何より、代表的な季節の景物に春の桜・秋の紅葉がある。その移ろいを惜しむ気持から出ているのではないかと思っている。現在の歳時記には〈夏惜しむ〉が加わっているが、これは近代以降の感覚なのかもしれない。曲亭馬琴編の「栞草」には載っていなかった。そして当然ながらというべきか、〈冬惜しむ〉はどこにもない。それはそうだろう。冬の寒さにうんざりした揚句、〈春を待つ〉心持こそが実感なのだから。

閑話休題、掲出句である。この「火」には焚火か竈火などを思い浮かべたくなるけれど、ことさら特定しなくともかまわない。炎の色と揺らぎに眼が惹きつけられたまま時間が過ぎる。初冬のしんと澄んだ大気の中で。

「十一月」は、十二箇月の中でも情趣をまとわない無性格な月といえるだろう。気象上の冬初め、それだけのことでしかない。とりたてて何があったわけでもないが、この月ももう終わりだなあというささかの感慨。上五の措辞は、下に続くフレーズによっては相当に重くなる。情感過多になりかねないところを危うく躱《かわ》して清潔。

誰かきて誰か帰りし春の雪　　綾部仁喜

綾部仁喜氏は現在入院療養中と仄聞している。入院生活も長期にわたると、日々の境い目がどこか曖昧になってくる。家族や見舞客の出入りも常のことであれば、際立った印象は残らない。ベッドで、うつらうつらしたりするとなおさらのこと。ああ誰か来たようだ、とか、今帰っていくのだな、とか頭の隅でかすかに捉えはするものの気怠さに身を任せて眼をつむる。そんな時間を降り埋めるかのような春の雪。

作者の状況に添って鑑賞するとこのようになるのだが、状況を離れて読むと作品の時空は更に広やかだ。

たとえば、家族のところに来客があったらしいのを別室で聞きとめている、ということであってもいい。いずれの場合も一句の気分を支えているのは「春の雪」。

凩や古布に棲む蝶や鳥　　石田郷子

女性の日常に布は親しいもの。身に纏うのはもちろん、身辺の小物としても暮しの役に立ってくれる。祖母や母の時代、古くなった着物は解かれて一枚ずつの布地に戻り大切に仕舞われていた。時に応じて、ちゃんちゃんこやら座布団やらに仕立て直されて出てくると、見覚えのある柄にほほえましい思いがしたものである。忙しい現代生活ではそんなゆとりも徐徐に失われてしまったが。

作者は冬の一日、布を拡げて古色の中に浮き上る模様の花鳥に見入っている。もとは鮮やかな染めや織に描き出された蝶も鳥も、飛び立てぬまま色褪せている。

最初、この鑑賞に続けて、――外はいま木枯の冬景色、模様の蝶と鳥は来るべき春の、軽やかに飛びめぐる蝶と鳥への連想を誘ったろうか――と結ぶつもりだった。

だが、敢えて「古」布、と断り、「棲む」の語に眼を留めるなら、掲句の蝶・鳥は翳りを帯びてそこに在る。明るい季節へ想像を延ばす余地はないのだった。

寒林の入口無数にて疎なり　　帆刈夕木

一本棒が立ったような句、というのが一読しての印象である。そして成程と頷かされる。広葉樹の多い武蔵野の林などは、冬は裸木ばかりの様相で地つづきに境界もなくスカスカである。端的な把握が力強い。

土の粘り

甦る土の粘りや畦を塗る　　若井新一

冬の間は雪に埋もれ、春先の風には乾燥して埃っぽかった畦も、いよいよ稲作の準備の時期。たっぷり水を含んで湿った土が力強く盛り上げられてゆく。畦塗は地味で単調だが、これなくして田圃の仕事は始まらない。

「土の粘り」に実感の手ごたえがあり、「甦る」の語からは作業の苦労を越える喜びが伝わってくる。

そして収穫の秋ともなれば、

豊年の畦といふ畦隠れけり

と、ゆたかな稲穂が畦を覆い隠すほどに稔るのだという。

若井氏は日本屈指の豪雪地帯で農業にいそしんでおられる。風土に密着した生活に裏打ちされた氏の作品は体感そのもので、ムードといった曖昧さとは無縁である。眺める景色もまた、

足湯して初冠雪を眉の上

のように日常と分かちがたく結びつく。

日の差してくるところより初箒　　星野高士

静かな句である。こういう句の良さを言葉にするのは難しい。書かれていること以上に書かれなかった部分が深いからだ。最近は余情という言葉をあまり聞かなくなったが、書かれている以上でも以下でもなく意味だけが詰まった俳句を多く見ていると、このような作品に出会うとき、ほっとする。

初箒・掃初は正月二日からのこと。新年のまだ改まった気分の内。室内の場面としても読めるけれども、庭であるほうが植込や土のひんやりした感触が想像されて、空間が広やかだ。差し込む日の光の推移も鮮やかに印象される。午前の早い時間であるのだろう。庭に出て、この年はじめての箒を使う。すがすがしい空気を吸って。「初箒」の季題がすぐれて生かされている。

手元の歳時記を見ると「掃初」が首題、「初箒」が傍題に置かれている。例句には次のような作品が並ぶ。

掃きぞめの箒や土になれ始む　　高浜虚子
掃き初めの門辺の雪のうすうすと　　高野素十
掃初や熊手にかかる松ふぐり　　渡辺水巴

前出の星野句は、これらに比べても遜色ないのではなかろうか。読み返して飽きない。

鐘の罅音に伝はり春の村　　山上樹実雄

ほんとうなら重厚に響くはずの鐘の音だが、本体に罅が入ってしまってはどうにも仕方がない。妙に濁って軽々しい音をたてるが、わが村の梵鐘と思えば朝な夕なに聞き馴れて親しんでいる。季節は春。のどかだ。

旅での見聞だったろうか。鐘の罅にはどんな来歴があったものか。

鋳造のしくじりで罅が入ってしまったものの、寺も檀家も財に余裕はなし、鋳直すこともままならずといったところか、それとも遠い昔の戦火の際に落ちた吊鐘か。

そんなふうに想像を膨らませたくなるのは下五に置かれた「春の村」の効果。一見無造作にみえて、この「春の村」が句をおおらかに統一している。

囀りやはちきれさうな稲荷寿司　　金子　敦

笑顔が溢れてきそうだ。幸福感いっぱいの句である。俳句を〈極楽の文学〉といったのは虚子だが、極楽の景色の一つにこれも加えてくれないだろうか。

野山でひらくお弁当、ご飯をおもいきり詰めて、つやつや輝く稲荷寿司。お天気も良し。おりしも鳥の恋する季節、頭上から囀りが降ってくる。はちきれそうなのは稲荷寿司のみならず、生きていることの嬉しさと充実感。

蕗の薹潮に色の来つつあり　　山口昭男

早春、それまで暗いうねりを見せていた海も生色をとりもどすかのようだ。潮の色の変化は、海水の温度や水位、陽光の強弱など気候変化に伴うものであるらしい。春が来たことを海が教えてくれている。

中七下五のフレーズは一日の変化として捉えるより、前述のように季節変化として捉えたものだろう。景が大きい。そして近景の「蕗の薹」に焦点を当てて、季節感と、遠近の調和が完成する。

寄鍋の果て混沌と滾りをり　　山下知津子

宴も終わりに近づく頃。鍋の底には魚肉や野菜の欠片が残るのみ、衰えぬ火力に姿を失いつつ浮き沈む。

生活人事の句には作者の個性が濃く表れるように思う。掲出句においては、現象の最盛時ではなく終わりに眼をとめる心の傾き、更に観念の表出に重心をかける氏ならではの「混沌」の語。それでいながらこれはまさに寄鍋。

サイレン

渓音のたちのぼりくる芽吹きかな　　ながさく清江

姿の美しい句である。

渓谷を眼下に、山道を辿った経験のある人なら即座に頷ける情景だろう。早春の空気が全身を包む。

谷川の水音を「たちのぼりくる」と捉えることで、高みの位置を表し、同時に一句を生動させている。しかもこの語は句の中に溶けこんで巧さを見せない。叙景に徹して、抑制された句作り。

山河の荒廃が言われて久しいが、声高なスローガンよりこういう作品を示される方が、よほど自然を守ろうという気にさせられる。


いちにちが疾風のやうや木の芽どき　　大牧　広

同じ季節を題材に、前出のながさく句とは別種の面白さを見せてくれるのがこちら。句集『正眼』帯文に「うすうすと見えてきた持時間」と書いておられるが、ある程度の年齢を重ねると日々の時間が飛ぶように過ぎていくのは実感に違いない。流れ去る一刻一刻が静かな推移ではなく、まさに疾風の激しさと速さであるという率直な感慨。そしてこの率直さは、氏の作風を決定づけている特色でもある。

日常に起こる諸現象を自在に一句に仕立てる闊達な精神は、たとえば本句集中の〈国難・官報・高官・ブラック企業〉など、詩語に遠い言葉の駆使にも顕著である。大牧氏は有季定型の人であるから、このような語を取り入れた場合の見どころは季語との兼ね合いだろう。

ここでの季語は「木の芽どき」だった。木々が芽吹きはじめる春先は天候が変わりやすい。大風も吹いたりする。それらのことは句の表面にあらわではないし、言ってしまえば取り合わせの味わいは失せる。とはいえ、読み手は微妙な季節の変化をそこはかとなく感じつつ、句の世界を享受するのではないだろうか。

もう一句、率直の極みのような例を。

　高山祭へもう行けぬから行かぬ

断念の、ちょっぴり口惜しくいさぎよく。

サイレンのみづみづしさよ百千鳥　　櫂　未知子

櫂氏の感性には囚われがない。自然の美も人工の美も隔てなく受け入れる。偏見がないのだろう。

諸鳥ののどかな囀りを遮って響くサイレンを、普通なら顔をしかめて聞くだろうに、この遠慮会釈のない人工音を新鮮に感じている。そういえば、櫂氏には違和感を楽しむといったところがありそうだ。それが、驚きに満ちた句を生む原動力なのかもしれない。

この句、音に音を重ねて、囀りの真只中に光の棒がひとすじ通ったような印象である。

みづを欲るもののしづけさ水中花

水中花もまた人工美の極致。生活人事の一点景として詠まれることが多いが、「水中花」そのものを捉える作品は案外少なく、せいぜい色や形を示すにとどまっている。

掲句はみるみるほぐれてゆく水中花を生きもののように描く。「みづを欲る」の能動的な措辞の効果だろう。

以前の作、

いきいきと死んでゐるなり水中花

はよく知られているが、両句ともに、ものを視る角度がユニーク、且つシャープである。

氏には、相当数の水中花の収集があるらしい。

足湯まづ脱がねばならず桜冷え　　藤田直子

温泉地でしばしば見かける足湯。観光客も地元の人も仲良く足を揃えて浸かっている光景はほほえましい。だいぶ歩いてくたびれた両足もこれで元気を取り戻すだろう。花時の案外な寒さに、身の内まで冷えてしまっている、足湯とは有り難い。そうはいっても、まずはスカートを捲り上げ、靴下を脱いで、それからのこと。たかが足先だけのことにこの一と手間。やれ面倒な、という苦笑まじりのユーモア。

同時作「挿木して父帰りゆく夕べかな」のように落ち着いた句を多く詠んできた藤田氏に、前出句に見られるような軽妙さが添ってきている。面白い変化である。

親もとで親ごと老いて桃さくら　　柴田佐知子

高齢化社会の一状況。実際には重い内容が軽やかに受けとれるのは、素っ気ない詠みぶりの手柄だろう。情感を引きずっていない。「桃さくら」と、あっけらかんと明るい。これをしも俳諧精神と呼ぶべきか。もう一句、

慶弔のはじめこの度はと朧

この軽妙さ。

もとより泥土

若き日のごとくに割つて夏蜜柑　鷹羽狩行

柑橘類は輸入もののほか交配種も多く出回るが、野性的な味と形を残しているのが夏蜜柑。ごつごつ分厚い皮と鮮烈な酸味。それを指先の力でざっくり割る。むかしはよくこんなふうに無造作な食べ方をしていたものだったが——と、ふと思ったのだろう。日常の一些事が直截に言い取られて有無をいわせない。

狩行氏といえばこれまで知的な感性や言葉の巧緻さの面が多く語られてきたし、その表現に驚かされることを読者の側も期待して読んできた。卓抜な比喩やウイットが自家薬籠中のものであることは、「摩天楼より新緑がパセリほど」「一対《いっつい》か一対一か枯野人」などが証している。ある意味ではこれらの句が有名すぎて、

みちのくの星入り氷柱われに呉れよ

妻と寝て銀漢の尾に父母います

などの抒情に通じる方面への評者の言及が少なかったように感じている。

氏の作品は抒情にせよ即物にせよ、言葉の輪郭がくっきりして鮮明な像を結ぶ、掲出句の場合もそれは変わらない。一見、朴訥に何気ない詠みぶりだが「若き日のごとく」の抽象的なフレーズが、力強い掌という具体を眼前させていることに眼を瞠る。


みちのくはもとより泥土桜満つ　　高野ムツオ

作者は宮城県生まれ。先般の東日本大震災直後から、壊滅的打撃を被った東北地方を詠みつづけてきた。句集『萬の翅』後半にはその成果が示される。

上掲句はそのうちの一句。

みちのくは古来より苦難の歴史を負っている。各時代における中央政権からの圧迫もそうだが、自然の厳しさは幾たびもこの地の人々を襲った。このたびの災禍に、またしてもの思いが胸をふさいだのではなかったか。「泥土」とは3・11の津波被害に重ねて、受難の歴史を負った地を象徴する言葉でもある。だが、我らの土地はもともとこのようなものだったはず、だからこそ再び、との秘めた思いが爛漫の桜に託される。これは自分を含めたみちのく人の決意。雄々しく優しい言挙げである。

本句集にて第四十八回蛇笏賞を受賞。

下萌を一気に雲のかげらせし
戸を閉めに立てば近くの除夜の鐘

深見けん二

前出高野氏と同時受賞となったのが、深見けん二氏。

選者の一人片山由美子氏がゆきとどいた選評を記している。〈写生という伝統的な方法により、自然とともに生きる実感を詠み続けてきた。その作品は平明だが平凡からは遠い〉〈自然に対する謙虚さが、作品の純度となっている〉。これらの評言は深見氏の俳人としての立ち位置を的確に、且つ深く理解した言葉である。

日常の折々に心に触れてくる季節のありようを余情豊かに詠う作風は掲出の二句にもあきらか。受賞句集『菫濃く』より抽いた。

句形としては珍しい次のような作品もある。

夏雲となく秋雲となく白く

夏から秋へ、移りゆく季節の大気の感触とともに、とりとめなく過ぎてゆく時間までが思われる。ku音を三つ重ねて末尾に置かれた「白く」が、茫洋とたゆたうような趣で余韻を醸し出す。切れを作らない構成は周到なはからいあってのこと。こんな修辞は普通なら怖ろしくてとても使えない。何という自在さだろう。

最近刊行された『虚子編〈新歳時記〉季題一〇〇話』は季題に関するエッセイ集で、氏の季題観＝俳句観がうかがわれ、蒙を啓かれること多かった。

麦飯は日暮れの匂い　私雨《わたくしあめ》

塩野谷　仁

白米の御飯がぜいたくだった時代がある。

流通網の発達した都市や豊かな水田地帯ならともかく、稲作に不向きな農山村あたりでは、昭和の時代もかなり下る時期まで麦や雑穀の飯は普通であったようだ。

飽食の現代、健康維持のため麦飯を、という向きも多い。上掲句をそんな健康オタクの麦飯としてしまっては風情も何もあったものではないが、もしかすると久しぶりに炊かれた麦飯に、これが常食であった頃を思い出しているということだったのかもしれない。子供時代の故郷の暮らし。遊び疲れたあとの空腹感や、夕闇に浮かぶ家の灯、それやこれやが綯《な》い交ぜになった「麦飯は日暮れの匂い」のフレーズ。句集『私雨』表題作。

「私雨」はめずらしい言葉だが、〈かぎられた小地域に降るにわか雨。麓は晴れて山上にだけ降る雨〉と辞書にある。この言葉が、先述のフレーズにくっきりしたイメージを与え、一句の陰影を深めている。句集には他にも「天道虫ひとの大事にかまわず来」など。

種池

種池の真上おほきな月の暈　黛執

黛氏の句から感じる品の良さは、目先の新しさや声高な主張といった騒がしさから距離を置いているところにある。自《おの》ずからの節度が作品に清潔さをもたらしているようだ。

「種池」は、播種前に種籾の発芽を促す目的で水に浸けておくための池。沈められた種俵は夜の間もひたひたと水を吸っていることだろう。そこにまどかな月明りが射している。潤むような暈に包まれてぽっかり浮かぶ月は満月の頃だったろうか。

この句の味わいは「種池」という、人間の生活を背後に感じさせる場所であることが大きい。単なる池や湖、川、というだけの景色であったなら、作品の魅力は半減する。そういえば、氏の作句信条は〈自然と人間の関わりを見つめる〉であった。

これに関連して思いだしたことがある。以前、飯田龍太氏が前田普羅を評した文章中に、すぐれた俳句作者であった普羅がのちに精彩を欠いていった要因として、人間への興味の喪失を指摘していた。表現者の姿勢として、念頭に置いておくべき大事なことかもしれない。

半島は岬に果てぬ月見草　　小川軽舟

地図を拡げてみたくなった。島国日本は海に接して複雑な地形を有していると、あらためて思う。陸地が海に突き出ているのが半島だが、そこに小さな疣のようにいくつも岬があったりする。その一つである突端に佇めば視界の先は遮るもののない海。まさに大地はそこで尽きる。足元は波に洗われる断崖だったたか。

中七までのフレーズは、一見、客観的に地形を述べているだけにみえるが、実体としての景色に転換しているのは「月見草」が実在感を強めているせいである。かすかに淋しさが添ってくる。

氏の句集『呼鈴』に

死ぬときは箸置くやうに草の花

の秀作があって、上五中七で判断・認識を示し、下五に置かれた植物が全体の情感を支えるという構造が共通している。どちらも静かな印象の花である。

軽舟氏の句に選ばれる花は、静謐な風情を湛えたものが多く、氏の好みを表すようで興味深い。月見草の名は正しくは草丈六十センチほどの白色のものを指すが、誤称が定着した大待宵草がここではふさわしい。野原や川原に自生している。師系につながる水原秋櫻子にも、

月見草萌ゆるを見たり崎のはてに

があり、偶然の符合が面白かった。

ものの芽に大器の気配摘まずおく　伊藤伊那男

成長したらいずれ名のある草かもしれない。ただの雑草とは違うようだ。この色、この膨らみ具合、うーん、ひとまず毟《むし》らずにそっとしておこう、と。それだけのことに「大器の気配」とはユーモラス。

この作者の句にはときおり人間くさい温か味が顔を出す。そのことは、

座布団のどれもぺちゃんこ彼岸寺

などへの着眼にも。

とのぐもる草刈に音出できたる　山尾玉藻

晴れていた空に雲が出はじめた。おや日が翳ってきたようだが、と思うと同時に草刈に集中していた意識が途切れ、それまで気にとめていなかった音が耳についてくる。鋭敏な感覚が言い止められた。この草刈は一人や二人ではなく、ある程度の人数で行なっている場合だろう。

これを、天気の急変を心配して忙しく草を刈り始めたからなどと、理屈をつけて解釈してしまってはつまらない。一瞬の微妙な把握であるところが面白い。感覚が冴えていなければこういう

音は捉えがたいのではないだろうか。

「とのぐもる……出できたる」と音《おん》が重なってリズムが連続するために、きっぱりした完結性を持たないのは作者の工夫であったかどうか。

高円も御蓋も挙り山若葉　徳田千鶴子

〈倭は国のまほろばたたなづく青垣山隠れる……〉と古事記に詠われた奈良の、市街地の東方に御蓋山そして高円山がある。歌枕として古歌にも名高い。

なだらかな山の姿は旅人の眼にやさしく映る。おりしも若葉の季節、二つの山はみずみずしい緑を競い合っているようだ、と。おおらかな、土地への賛歌である。

よく知られた地名を詠み込む場合、表現の個性を見せつけるよりも、その地が負っている歴史や風土性に身体を預けてしまった方が大柄な句になるようだ。

生きて古稀

五郎太石《ごろた》蝶の卵をかくしおり　中村和弘

地面に転がっている石ころ——ごろた石。そんな処に蝶の卵がへばりついているのかと、蝶の生態に疎い者には驚きである。いずれは優雅に飛翔する蝶、その生命の始まりの不思議さと逞しさ。事実そのものの持つ強さが飾り気のない直叙によって生きる。同時作の、

象亀の土にめりこむ暑さかな

は南太平洋での見聞。両句ともに無駄のない簡潔さで、生きものの命を手摑みにしてみせている。情感を削ぎ落とした俳句文体は中村氏に特徴的なものだが、氏の初期には「草の影胸に溢れて盆が来る」（いま資料が見当らず、表記に相違があるかもしれない）などの、しなやかな抒情性があって、これもまた中村氏の一面として忘れがたく記憶している。その後、無機質な題材を多く取り入れる過程で、文体も意識的に変化させていかれたように思う。乾いた質感を印象させる作風から、さらに今回のような自然における生命の本質への志向は単なる興味の変化ではなく、氏の作品の底

流にあったものだったのかもしれない。

生きて古稀原爆投下予定地に　　寺井谷子

各誌八月号には敗戦日・原爆忌を詠んだ作品が散見された。太平洋戦争当時を生きた人々も高齢化し、戦争の記憶も風化しつつある昨今、貴重な証言といえるだろう。
寺井氏は昭和十九年生まれ。新興俳句の代表作家であった父・横山白虹のあとを引き継いで北九州で俳句活動を展開されておられる。その北九州小倉の地は工業地帯であったため、八月九日の原爆投下第一予定地だった。それが視界不良で果たせず、軍港であった長崎に変更されたのである。小倉は原爆の災禍を免れた。
あのとき、予定通りであったなら今の自分はなかったろう。「生きて古稀」の感慨は重い。八月が来るたび、「八月を畏れて命繋ぎゆく」とつくづく思わざるを得ない。それなのに自国で起こした放射能の災厄さえまだ片付いてはいないのだ。

被爆と被曝と八月の風吹く中

御国とはいのち召すもの蟬時雨　　若林波留美

おそろしいほど直截に言い切った断定。御国の盾という美辞のもと踏みにじられた数多の命。

淡々とした口調の底に秘められた静かな、しかし強い怒りが滲む。もう一句、

米研ぐを日々の傲りと八月来

健やかに生きるために日々の食事を摂ること。それは喜びであるはずなのに、「傲り」と感じられてしまうのは、生き残った者の後ろめたさだろうか。

普通なら「傲りや」と切るところだが、「傲りと」の「と」が微妙な働きをしている。まるで八月という季節が、生者たちを問い質《ただ》しているかのようだ。

昼月のひんやりとある蟻地獄　井上弘美

日本画の、余白をたっぷり取った構図を思わせる。空間が真空になってしまったような印象である。昼月と蟻地獄の関係は遠近の対比を主張するのではなく、むしろ一体化して感じられてくる。これは「ひんやり」の感触が介在しているためだろう。中空にぼんやりと仄白く懸かる昼の月にかすかな冷感を覚える感性が一句の要をなしている。さらにこの語は中七に置かれていて、「蟻地獄」ともかすかに係わってくることも成功の一因だったようだ。静謐な景。

松蟬や昼深ければ人を見ず　小川軽舟

松蟬は晩春、他の蟬に先駆けて鳴き始める。その名の通り、松林などでよく鳴くという。掲句

の場合も松林を縫ってつづく小径を思い浮かべたい。午後の日差しが木々の影を地上に落とし、深閑と時がすぎていく。蟬の声だけが聴こえて辺りに人影は見えない。そのことが心を静かにする。いくらかは淋しく、けれど満ち足りて。

鑑賞の過剰をおそれるが、この句から受ける気分は「泉への道後れゆく安けさよ　石田波郷」を思い出させる。一人在ることの〈安けさ〉。

蝙蝠や小橋の脇に生薬屋　七田谷まりうす

くっきりとした具象の景。下町や郊外の辺り、表通りを外れてこんな店を見かけることがある。店先には蝮の瓶が置かれていたりして。草根木皮を煎じる匂いが屋内にたちこめ、家伝来の薬の効き目は人の口から口に伝えられているらしい。夕闇に飛び始めた蝙蝠を配して、情景が過不足なく完成する。

草螢

那珂川のたそがれ永き草螢　黒田杏子

〈俳句の根本要素は季語〉という黒田氏に、もう一つの要素を加えるなら土地と人への挨拶のころということになりそうだ。その原風景に、少女時代を過ごした栃木県那須野原の自然があるのだろう。以前の作に、

まつくらな那須野ヶ原の鉦叩

とも詠まれている。

那珂川はこの辺りを上流域として太平洋に注ぐ。氏にとって親しく懐しい川だったろう。夕暮の微光が川原を包み、暮れきってしまうにはまだ間のある頃。ぽつりぽつりと螢が草叢に火を点しはじめている。「たそがれ永き」は現実の時間だが、同時に思い出の中の時間でもあるような働きをして郷愁が漂う。

地名の入った句の場合、どの場所であってもよいといった評をよく聞くが、その地の情景とし

てありありと感じられればそれで句は成立する。掲句の「那珂川」にも、同じことを思う。ゆかりの地を訪ねての挨拶の一句。

氷河期の泥を地底に水澄めり　　加藤耕子

〈深泥池六句〉の前書を付した中の一句。

京都が、かつては断層によって陥没した湖底であったことを教えられたのは、林屋辰三郎著『京都』からだった。それまで、そういう視点で京都を考えたことがなかったので衝撃的に覚えている。

深泥池は京都盆地の北。氷河期以来の動植物が生息していることでも知られている。何万年も前の地層がここに眠り、現在の風景をなしていると想像するのは、せいぜい百年の寿命でしかない人間にとってのロマンかもしれない。静かな水面はひたすら澄んで、現在という時間を映しているばかり。

人の歴史などあっという間に過ぎ去ってしまう。たまにはこんなふうに長いスパンで巨視的に風景に対してみたいと感じさせられる。

わが触るるものより春の動きけり　　中村正幸

具象性皆無。素朴な写生論が吹き飛んでしまいそうな句である。写生の基には描くべき〈物〉があるはずだがここにあるのは〈我〉のみ。その〈我〉も姿として存在するのではなく触感に置き換えられている。ものみな胎動を始める春という季節を、体感によって大摑みにしてみせたといったところ。

従来、具体をこまやかに描写して情感を呼び込む方法をとってきた印象の中村氏には、ときおり情感が先走ってしまう場合があったが、掲句はそれとも違う。新しい方向性が始まるのか否か、興味深い一句だった。

氏の本来の資質からいえば次の句がそれだろう。

春愁の深きに垂るる象の鼻

懐にかささぎを飼ふ秋ごころ　　遠山陽子

遠山氏は三橋敏雄に師事する以前より「鷹」で活躍した女流。平板な写生句から距離を置く作風は、敏雄という師を得ていっそう深まった。

「かささぎ」はカラス科の鳥。烏よりやや小型。腹部と肩が白く地色は黒緑で光沢がある。天然記念物。——と、百科事典の解説を述べるよりも、七夕の夜、天の川に翼を広げて橋をわたす伝説があるといったほうが馴染みがある。掲句、なぜ「かささぎ」なのかという疑問にも、伝説のイメージならば納得がいく。あちらとこちらの岸をつなぐ鳥なのだ。

とはいえ、句の内容が「懐にかささぎを飼ふ」のみであったら、超現実の事柄を述べたにとどまる。「秋ごころ」で受けることによって、読み手はにわかに現実に引き戻されるのだ。放恣な空想を無理なく着地させたと見るかオチをつけたと見るかは、それぞれの俳句観によるが、秋思というに似合わしいかすかな人懐しさ、そしてそれゆえの孤愁の陰翳をまとって完結している。

この句に亡き師への思いまでを汲みとるのは深読みにすぎるが、遠山氏には『評伝三橋敏雄』の労作もある。

曇る日はくもる色して通し鴨　鈴木節子

秋に渡ってきた鴨が春になっても北へ帰らず居残っている。数を減らしてぽつんとした印象だが、その分、子鴨が水面を伸びやかに泳ぎ回っている姿が見られる。一日一日の照り翳りを諾って、鴨には鴨の生活があることだろう。

鈴木氏は先般逝去された夫君鷹夫氏のあとを引き継いで「門」を継承主宰。その作風には、

薄ごろも風の贔屓をもらひけり

のように、鷹夫氏の粋に通じるものもありそうだ。

誰もゐず

女郎蜘蛛蝶をくるみて須磨の凪　斎藤夏風

女郎蜘蛛はよく知られている大型のクモ。けばけばしい体色と長い脚で、網を掛け獲物を捉える姿はいかにも禍禍しいが、これも自然界の一様相と思えば眼をそむけるにもあたらない。作者は思い入れなど加えずに述べている。しかも蝶を「くる」む、という表現の実態感に巧みさの跡を見せない。

生きものの生態が簡明直截に描かれているわけだが、惹かれたのはこのフレーズを受ける下五の働きだった。

須磨浦は現在かなり様子が変わったとはいえ、もともと白砂青松の地。この地名から源氏物語の須磨の帖、さらには源平合戦の平家の衰亡を思い浮かべる人は多いだろう。ほど近い須磨寺には敦盛の青葉の笛も遺る。

作品の背後に歴史や文学のゆたかな時空を感じつつ鑑賞するのは愉しいが、もちろんそんな知識を振り回さずとも、広やかな海辺と潮の香を想像しながら一句を味わえばそれで充分。

すこし横道に逸れるが、最晩年の頃の森澄雄氏が新聞俳壇などの選評の際、地名についての解説ばかりだとの批判があった。実をいえば私もそのような不満を抱いたが、病気や老齢の衰えという以上に、澄雄氏はすでに句の内容などには飽き果てて、土地とその名称に対する懐しさや憧憬がしみじみ胸を浸す心境になっていたのだろう。今になってみればそのように思ったりする。ともかくも、地名には不思議な魔力がひそんでいる。

秋水に榊を浸けて誰もゐず　　望月　周

参詣か、または神事のために用意してあるのか。どちらにしても大きな神社ではなさそうだ。それとも家内の神棚に供える榊をとりあえず水に浸けてある、といった日常の景であったのかもしれない。句のさりげなさからいえば後者の解がふさわしいようだ。井戸端や水道の脇。もっと想像を広げて、川水を引き入れた水場のようなところなら「秋水」の語にも納得がいく。辺りには静かに秋の日が差して、家人は別の仕事をしているらしい。

句集『白月』にはほかにも、

枯芝をゆくひろびろと踏み残し

腕時計高原の蠅とまりけり

流灯の白蛾を連れてゆきにけり

などが収められている。これまで、明るい淋しさを感じさせる氏の作風からは、時に木下夕爾の抒情との共通性を思うことがあったが、今回の句集収録句には即物的把握の傾向も見受けられた。抒情や浪漫は感性の衰えとともに痩せてゆく。確かな手応えを求めて対象に向かい合うことを課しておられるのだったろうか。

こころ未だ家でめそめそ青葉垣　池田澄子

同時発表の句の中に、

哲学や下学や薩摩芋の句

を見付けて、なんだか可笑しかった。「下学」とは手近な所から学ぶこと。これはまさに池田澄子の信条ではないか。難しそうな思想も近所のおばさんの愚痴も、ふかし芋をかじりながら丸ごと呑み込んでしまうのだろう。

そこでさて、上掲句である。気持を切り換えて家を出てきたつもりなのに、未練がましくぐずぐずと心が晴れない。緑濃い生垣の道を辿りながら、足取りもつい鈍くなりがち。湿っぽい気分のままだ。

いってみれば、たったこれだけのこと。日常にいくらもある小さな出来事のひとつにすぎない。けれど、卑近な身辺雑事を詩に置き換える行為の、なんと難しいことか。人がふつう気にも留めないささやかな〈もの〉や〈こと〉。言葉にし難い微妙な気分。それらを軽やかな言葉で言い留めるためには手腕がいる。
「青葉垣」の〈青〉、そして〈垣根〉のイメージが、一句を絶妙に支えて動かない。

ホチキスで繕はれてゐる蛇の衣　　小久保佳世子

一瞬、何？　と目を疑った。現物を見た作者も同じ思いだったに違いない。好事家の収集物だったか、それとも郷土博物館のような所での展示か。私も以前モグラの剝製がセロテープで修繕されているのを見たことがあるから妙に実感がある。季語「蛇の衣」の情趣もへったくれもなく、リアル。
中七の八音は意図したものだろうか。〈繕はれたり〉と切るか、もしくは〈繕はれたる〉と下五に続けることだって出来る。少し俗だが口語で〈繕はれてる〉も可能。間伸びした八音は内容の衝撃力を弱めているのではなかろうか。ともかくもこんなことを俳句にした大胆さに驚嘆。

ご老人

晩年の時空ほのぼの鹿群れて　和田悟朗

齢を重ねて、自分の現在がすでに晩年にあるという意識。そこにはどんな景が現われるのか。薄日の射すごとく仄かな充足感に包まれているかのようだ。ゆっくりとした歩みの先に鹿の寄り集う姿が見える。この鹿の群が現実のものであったとしても非現実の抽象性を帯びて感じられるのは、「ほのぼの」の語が上と下の双方にかかる働きをしているから。

春の家裏から押せば倒れけり

は、氏の代表句。このような詩質の人の作ならば、晩年の時空に幻の鹿の群が浮かびあがったとしても、不思議はない。そんなふうに読んでみたくなる。

長寿とてほうれん草を食べ慣れし

同時作。まるで仙人の食べ物でもあるかのようで楽しい。率直にして自在。

春は曙お迎へさんの来る頃か　阿部静雄

自在ということなら、こちらもまた悠然たるもの。今月号「俳句」では〈角川俳句賞の六十年〉特集が組まれ、阿部氏は平成六年の受賞者。当時の作に、

ちちははの深寝おそろし雪の底
本堂に婆が片寄る寒さかな

など、新潟豪雪地帯の風土性が生活感ゆたかに詠まれていた。「少年のころよくとほる春の山」その他の清新な句を挿し挟みつつ、本領は前出二句の傾向との印象通り、風土の〈人と自然〉の主題を深めていらしたと思われる。

そこで上掲句。花のもとにて春死なんと詠った西行には都びとの匂いがあるが、阿部氏には土俗のしたたかさが居据わっている。「お迎へさん」とはあの世へのお迎えのこと。親しげな呼びかけの言葉は土地に根付いた言い回しなのだろう。深い雪の底で寒気を怺えていた季節も過ぎ、穏やかな春の薄靄につつまれる頃それはやってくる。のどか、と言ってもいいほどに。

敬老の日の翌日のご老人　桑原三郎

この日、役所から長寿祝の金一封が出るところもあるのだとか。観劇ご招待やら老人向き催し

のあれこれ。さして敬っているとも思えないが、それはそれとしてまあまあ一応は丁重に、といったところ。テレビ画面もご高齢の誰彼を引っ張り出して、それなりに賑やか。

さて、その一日も暮れて次の日。何というところに眼を着けるのだろう、この人は。たっぷりと毒を後ろに隠して、そこはかとなく可笑しい。毒、といったが、皮肉の毒がとげとげしくならないのが氏の持ち味かもしれない。それは当たり前のことを気付かせてくれるからなのだろう。人間や物事のありようは、ごく普通の日常の中に表れる。けれど誰もがこういう視点を持てる訳ではない。三郎氏は怖い眼を持つ人かもしれなかった。

以上、三氏の掲出句は老年の意識を下敷きにして三者三様の描かれ方があり、興味深かった。

甚平にすこしさみしき腕時計　　波戸岡　旭

通常の着物に比べて甚平の袖丈はいくらか短い。生活着だから動きやすい仕立てになっている。袖口からにゅっと伸びた手首があらわ。いつもならシャツに隠れて見えない腕時計が、金属質の光を放ってひんやりした印象である。「すこしさみしき」はその印象を主情的に言い取った言葉。感覚的でありながら感覚の脆さを見せないのは、実体がはっきり摑まれているからだろう。

潮くさき太綱跨ぐ晩夏光

のように、手堅い写実の作風の内側に、ときおり童心と呼びたい初々しさが見え隠れするのを波戸岡氏の句の魅力として愉しく拝見することがある。

朝涼や田のすみずみに山の水　　清水良郎

晴朗な景色。山を間近にした麓の水田か棚田ででもあったろうか。山水の清冽な流れを直接引き込んで、苗も青々と育つ頃。たっぷり張られた水は朝の光を映して澄み渡っている。「朝涼」の語が清爽感をいや増す。

清水氏も角川賞受賞のお一人。受賞作では人事句が多数を占め、素材、把握の仕方ともに人間臭かったが、今回は景を際立たせず力まない句柄に徹することを心掛けられたようだ。別人の印象がある。

青鷺の水をうかがふ夕野分　　藤本美和子

水辺の岩の上などにじっと佇んでいるのを見ることがある。彫像のように静かだが水中の獲物を狙う緊張に満たされているのだろう。「水をうかがふ」は青鷺の姿態を十全に表していて感心する。一幅の絵を見るようだ。

十二月

猪鍋や闇にも猪のうごきゐる　宮坂静生

狩猟のみを生業とする生活は、現在ではほとんど姿を消している。猪肉は猟友会の面々の成果だったろうか。

山深い里での一景。囲炉裡の火に顔を照らされながら煮えたぎる鍋を前に、仕止めた猪の話に花が咲く。こんな時には、どぶろくの回し飲みという光景を想像したくなる。集いに交って作者も共に猪の野性の味に舌鼓を打ったかもしれない。

実際には民宿などで名物の猪鍋を供された場合だったとしても、一句の臨場感はそのような場を思ってみたくなる。戸外は深沈と闇に閉ざされ、そこには確かに獣のひそむ気配がある。臨場感はこの中七下五のフレーズによって生まれた。

ほとけみな鼻ふくよかや猪の村

ここでは信仰も殺生もごたまぜである。そんなふうに古くから暮らしてきた。村のそちこちに祀られている仏も土俗的な素朴さ。おおらかである。

書きとめて表さぬ句句終戦日　　深谷雄大

俳句は自分一箇の生の証し。その覚悟と態度を以《もっ》て、氏の句作は重ねられてきたのだろう。重厚な作風。句集『寒烈』の一句。

あとがきによれば、深谷氏は昭和九年朝鮮で生まれ、終戦を満洲で迎えている。少年の日の記憶の中に八月十五日はどのようなかたちで居据わってしまったものか。書かずにはいられない、けれどそれを他者に吐露することはない。「表さぬ句句」は作者の詩心の孤独を思わせる。終戦日が巡ってくるたびに、それらの句は脳裡に甦り、更に数を増していくのだろうか。

居住の地、北海道旭川は豪雪地。冬ともなれば氏の日常に雪はさまざまな景色を見せる。自身語っているように雪の句が多いのも頷ける。本句集にも雪を素材にした作が多数を占める。それは単に風景を描くにとどまらず、作者の思いを映し出すように働く。

齢得て消ゆる月日《つくひ》よ雪の果

過ぎてゆく月日がつぎつぎ消えてゆくのは当然のこと。だが一定の年齢になってはじめて、何ごとか執しつづけた歳月の重さが軽くなったことにも気付く、そんなこともあるのではないか、かすかな哀惜を伴って。

「雪の果」は春になってからの終りの雪を指すが、「果」の語は永い時間と空間までをも印象させる作用がある。

青蚊帳の母の密会たたみおり　　渡辺誠一郎

男性が母のなかに女を幻想する。その一つの形として興味深く読んだ。永田耕衣に、

朝顔や百たび訪はば母死なむ

があるが、こちらは小野小町と深草少将との百夜通いを連想させる仕掛けである。

渡辺句では「青蚊帳」が道具立てになっている。これが単なる「蚊帳」ならばただの世話物になってしまうが、「青」が効いているせいで、そこはかとないエロチシズムと怪しさが漂うようだ。句集『地祇』より。

萩括る手ごころの片結びかな　　酒井和子

萩にはたおやかな優しい風情というイメージが先行するのだけれど、四方八方に枝を伸ばす生命力の強さを持った植物でもある。一句は、枝垂れる姿を整えるために細縄で括るときの手加減を流麗に言いとめていて、どこか王朝風の情趣さえ感じさせる。文芸が培《つちか》ってきた「萩」のイメージを「片結び」の語が微妙に受けとめて、この辺りの呼吸は酒井氏の得意とするところだろう。

その一方で、

飯粒のかしこさうなる栗ごはん

のような軽妙さも随処に見られ、句集『花樹』の句柄の幅広さを示している。

大木の下の静けさ十二月　　大峯あきら

「十二月」の季節感が大きく一句を支配している。一年の終りの月。上五中七のフレーズはこの「十二月」に収斂される。こまごました叙述を排した大掴みの景。何処のどんな樹木であろうとかまわない。読み手は季節そのものが呼び覚ます情感を味わえばよい。静謐な時が流れてゆく。

同時作の、

蔵へまた物出しにゆく枇杷の花

と並べてみると、状況プラス季語という構造は同じでありながら両句から受ける感触は随分違う。こちらの「枇杷の花」が背景として取り合わせそのものであるのに対して、前掲句の「十二月」は句の全体を包み込む。両句の差違を面白く眺めた。

◉2015年

去年今年

各総合誌一月号には諸家の新年詠が並ぶ。毎年のことながら、この時ほどそれぞれの俳人の意識の違いが際立って感じられることも少ない。作家の〈現在〉がどのように顕われているかということである。勿論、表現指向は単一ではない。折角の年の始めならば寿《ことほ》いで詠いたいという向きもあろうし、日常の延長としての思いを濃く打ち出すという方向もある。それらの諸作から、まず後者に属する次の一句、

庶民側の新聞に替へふゆがすみ　　大牧　広

同時発表作に「水餅や世間はすでにきな臭し」もある。掲出句もまた、現今の社会の動向に危機感を募らせている。真実を伝えるのが新聞の使命だが、第二次大戦中の例を引くまでもなく、報道される内容に偏向の事実はつきもの。せめて、庶民の側に立つと思われる新聞に、というのがささやかながら一般人として出来る精一杯のところかもしれない。

大牧氏の率直さは、俳句に生《なま》な現実を取り込むことを厭わない。生活者としての自分にこだわる限り、美しいものだけを美しく詠むことには満足できないのだろう。

壮年期に出版された第一句集『父寂び』（近年、文庫版で復刻上梓）では、第一句集というものの多くがそうであるように、個の世界への執着が強く印象されたが、現象の負の部分や齟齬感を意識せざるを得ない当時からの性向が、社会と自分の関係への注視に伸展していったものかと思われる。

壮年の何のひもじさ鵙鳴けり　『父寂び』

世界史のはづれに居りて懐手　同

これらの句の延長上に氏の現在がある。

初夢のいくさの話疎まるる　小原啄葉

今年は戦後七十年に当たる。私は昭和十七年、弘前市の北部十六部隊に同期生百二十一名と共に入隊したが、生きて還ったのは僅かに六名であった。

俳句に添えられた文章からの抜粋である。これを読めば作品の鑑賞は不要だが、「疎まるる」の語は辛い。戦争を知らぬ世代にとって切実さはほとんど無くなり、おそらくはいま家庭においてさえ「おじいちゃんが、またその話」などと片付けられてしまう時代になっている。〈一富士二鷹三茄子〉と、めでたくありたい初夢なのに、戦争体験者にその記憶は時を選ばず甦る。忘れてよい過去ではない。負の部分への言及を疎んじるのが、社会全般の風潮ということでなければよいのだが。

松過ぎの子らに普通の空気あれ　　池田澄子

天災人災ひっきりなしの一年だった、そんな印象で一年を振り返ることが何年も続いているような気がする。社会情勢も不穏。日常会話の中にさえ〈何だかこのごろ世の中が普通じゃないよね〉、そういう声が頻繁に聞かれるようになった。先ゆきへの漠然とした不安。

掲句にはそのことが背景にある。お正月、特別な気分で過ごした数日も終わり、普段の生活に戻る。子供達にとってはいつもの学校、いつもの友だち。とりたてて変わったことも起こらない普通の生活、それこそが大切なのだという願いがこもる。

たっぷりと遊んで夕日注連飾　　折井紀衣

澄子句に続いてこちらを読むと、こういう情景もまだ残っているかと少し幸せな気分になる。小学生くらいだろうか。寒さも何のその、日中を存分に遊び尽くして、気がつけば日暮。夕日はやさしい橙色。注連飾の結われた家家が子供たちを待っている。

添えられたエッセイに八幡宮のことが書かれているので、注連飾は神社でのものかもしれないのだが、独立した一句としては先述のように家の戸口を想像して読みたくなる。

荒波のごとき走り根去年今年　　山西雅子

幾重にも連なる荒荒しい走り根といえば、京都鞍馬の奥の院から貴船へつづく木の根道を連想する。「去年今年」という時間を大きく抱えこむ季語ならばなおさらのこと、由緒ある土地がふさわしく思える。勿論、場所を特定して鑑賞しなくとも、作品の景はこれだけで堂々と完結している。大柄な把握。同時作には

崖さびしけれど小春や鳶の笛

もある。こういう繊細な情趣の句も多く作っておられるけれど、山西氏には一本芯の強さがあって、景を単純に詠むときその骨太な面が表れてくるような気がする。

他の注目作

相鎚も汗叩き込む鍛冶始　　石井いさお

向う鎚もともに一心不乱。「汗叩き込む」とは豪快。

涅槃図

涅槃図を彷徨ひゐしが眠りが来　齋藤愼爾

横たわる仏陀を取り巻く弟子や鳥獣、それらがごちゃごちゃ犇いている涅槃図。彷徨っているのは見る側の視線だが、いつの間にか図中に入りこんでうろうろしているような気分になってくる。そのうち眠気がさしてくる。簡単にいえばそういうことだが、この「眠り」、何やら仏陀の眠りと係わりあってでもいるような。

そんなふうに思わせるのは同時作のほとんどに、此の世と異界とが交錯、あるいは同化する印象のある所為《せい》だ。その情景は、たとえば次のように現われる。

斧始めどの人柱から始めよう

齋藤氏の句は美意識に裏打ちされた観念世界と評される。そしてこの美意識はしばしば殺気を孕む。掲句はその最たるものだろう。

正月初めて山に入り、一年間の山仕事の無事を祈る儀式が〈山始め〉。木伐り初め・斧始めな

どを同類とする新年の季語である。一句はその本来の語義を微妙にずらして、不吉不穏の気配を漂わす。もう一句、

生絹着て母縒りあはす縊り縄

文芸のテーマに母はさまざまな姿で現われる。子、ことに異性である男にとって、〈母〉は永遠の謎だろう。

たおやかに優美な指先から作りなされる不吉な縊《くび》り縄は誰を殺めるためのものか。血の濃さが残酷を生むならばそれは子殺し。静かにやさしい手つきで。母という得体の知れぬものの原初的なイメージ。

水仙の芽や早起きの戸が開く　西山　睦

つんつん伸びはじめた水仙に待たれて一日が始まる。早朝の寒気が、戸を開けたとたん顔を打つ。それもむしろ心地よい。この家では早起きがいつものことなのだろう。主《あるじ》をはじめ一家みんながそれぞれの仕事にかかる。水仙の緑の芽が祝福を贈るかのようだ。そして、こういう健やかな生活者の感性が、

種袋振つて明るき音を買ふ

という楽しい作品を生む原動力なのに違いない。

七竈真赤な此処が馬返し

澤　好摩

印象鮮明な具象。「馬返し」は険しくなる登山道のそこから馬を返し徒歩になるという。それがそのまま地名ともなっている。真赤なナナカマドのある、まさに此処が、との措辞はそれ以外の場所はないといわんばかりの断定で、有無をいわせない。

今回、澤氏が言葉を周到に使う人だと意識させられた数句がある。

　立枯れの唐黍に日は沈みけり

棒杭のように黒い影となった唐黍に沈む夕日。

ここで「日は」の「は」の助詞に眼が止まった。これを「日の」と尋常に収めることも出来ただろう。だがその場合、一句はすらすらと読み下されて「立枯れ」という主要部分は説明に埋もれて、立ち上がってはこなかったのではないか。「は」の限定強調があってはじめて、〈立枯れの唐黍〉と〈日が沈むこと〉との関係が拮抗するものになったのではないかと思われた。

言い換えれば、「は」の限定のおかげで〈立枯れの唐黍にこそ〉の意が添って、一句は単なる説明的情景に終わらなかったという気がしている。

もう一つは、「冬の川のときをり響き多武峰」。

大方の俳人なら〈冬川〉とするところ。字余りになっても敢えて「冬の川」としているのは、言葉としての正確さを期した故か。強引な用語に対して、俳句だからと甘えない厳しさが優先するのだったろう。

水底のすみずみに日や年詰まる　　藺草慶子

池や溝川、あるいは掘割など。同じ水の景色でも、さして大きな規模ではない。町なかを浅く流れる川などを想像したくなったのは、「年詰まる」の季語が生活に密着した印象を誘うためだった。ときおりの人の行き来の合間、川べりに足をとめてふと眺めた水の面。冬の日差しが水底を明るく見せている。そこから一転して、今年ももう終わるという季節に集約したことで、一気に現実感を伴う情景に変貌している。

枯木星たぶん通夜では泣くだらう　　橋本榮治

通夜の席に列なるためにいま夜道を歩いている。頭上の梢にはぽつんと寒い星。ふと胸の内で「たぶん」、そう、きっと、と呟く。ここでは誰の、どんな死とは言われていない。そのことが返って切実な思いを響かせる。久しく会うことのなかった友か、それとも忘れていた昔の恋人。古い思い出がこの言葉を呟かせた。

橋本氏には珍しい口語が直截な感情を伝えてせつない。

冬深し

声出せば落ちて来さうな冬山家　　小笠原和男

山の中腹にぽつりと一軒の家。自家用の小さな畑を作り、主《あるじ》はときおり狩猟の獲物を持ち帰ったりする。あるいは林業（昔風に木樵と呼んでみたいのだが）に携わっているのかもしれない。それも今は冬のさなか、囲炉裏を囲んで一家族の冬籠りといったところか。家族の団欒のそれはそれ、距離をおいて遠望すれば小さな山家は寒気に緊めつけられて、ほんの一声の響きにも転げ落ちてしまいそうな印象である。ほかの季節ではこの感じは出ない。冬なればこそ。

「冬山家」の語から、つい雪景色を想像しそうになったのだが、おそらくは木々が葉を落とし山肌がくっきり見える枯景色だったろう。一塊りの瘤のようにも見える山家である。もうすぐ山に雪が来る頃。もう一句、

やがてまた雪の降り出す雪見酒

しばらく止んでいた雪がまた降りはじめた。静かに杯を傾ける。時間がゆるやかに流れてゆく。

平易な言葉でありながら、余韻がいつまでも尾を曳く。

米寿とは一円玉が落ちてゐる　　柿本多映

何という変わった句だろう。人生の山坂を越えて来てさまざまな出来事もどこか茫洋と感じられる齢になっている。〈米寿ってどんな気分？〉と聞かれて、〈そうねえ、一円玉が落ちている風景が見えるわ〉と答えたのだとしたら、禅問答のようだが納得したくなる。安っぽい一円アルミ貨が土の上に鈍く光っている光景は妙に具体的で部分的。こんなふうに言えるなら高齢になるのも悪くない。

先行作品に、中尾寿美子の「傘寿とはそよそよと葉が付いてゐる」のあることを承知の上で、その形を踏襲しつつ、もっと年を重ねたらこうなるのよと微笑しているような一句。意表を突かれた。

冬深し泥の底なる鯉の眼も　　高野ムツオ

冬の間中、鯉はほとんど動き回らない。水底にじっと身をひそめている。泥に埋もれそうな体色の真鯉だろう。その眼を作者は感じている。見開かれた鯉の眼が作者の想念に紛れこんだ。冬深まる思いのうちに。

雪間より青きを摘めり柩花　　照井　翠

「二〇一一年三月十一日　五句」と前書のある中の一句。照井氏は東日本大震災に遭遇、被災地の現状をなまなましく伝えた作品群によってその名を知られた。氏にとって、当時の現場での衝撃はいまだ過去のものではなく、言っておかねばならぬ思いが続いていると察せられる。今回の五句の中にも「雪積みし屍の袋並べらる」などの句があって、事実を記録することが文芸の役割の大事な一つであることを考えさせられる。

同時に、短詩型で時事を詠むことの難しさも改めて痛感する。前書を消して、普遍性を保てるかという疑問である。その点からいえば、上掲句は作者と読者が同時代の知識や思想を共有しなくとも成り立つ作品といえるだろう。この時、柩を飾る花とて無く、せめて雪間に萌え出た青草を供花にしたという情景には胸を打たれる。

多くの死者を出した震災ののち、世情への不安感は次のような作品となって表れてくる。

忘れたり三・一一も英霊も

横道に逸れるが、この句から思い出したことがある。

忘れちゃえ赤紙神風草むす屍　　池田澄子

照井句の「忘れたり」も池田句の「忘れちゃえ」も、断定の語である。だからといって、これを文字通り受けとる者はいないだろう。怒りをこめた反語としての言葉なのだから。

だが、池田句の発表当時、忘れてしまえとは何事かという異論が出て物議をかもしたのを覚えている。ずいぶん浅い理解をしたものだと思ったし、何となく立ち消えになってしまったが、表現の文脈上は確かに否定の語はどこにもない。読み手の側との共通理解となる戦争否定の意識があってはじめて、作者の意図は支えられる。さらに当時、池田句擁護の意見の中に、

あやまちはくりかへします秋の暮　　三橋敏雄

を引いて、これと同じことだからという評もあったのだが、三橋句の場合は「あやまち」という、判断を示す語がはっきり入っていて、作者の意図は宙に浮かないように仕立てられている（ついでに補足すると三橋句は原爆死没者慰霊の碑文〈過ちは繰返しませぬから〉を下敷きにしている）。

短詩型ことに俳句は読者に委ねる範囲が広いために、委ねる部分の引き締め方、緩ませ方が重要なのだとつくづく思う。共通理解の範囲は普遍性とも係わってくる。

畳まるる

梅咲くや光のなかを風が吹き　村上鞆彦

梅は寒気の中に春の訪れをいちはやく告げる花。掲句はこの時期の大気の感触を鋭く捉えている。この季節、日毎に日の光の明るさを覚えつつ、吹き過ぎる風はまだ冷たい。そんな早春の季節感が抑制の効いた表現で示される。「光のなかを風が吹き」のフレーズは、読み手の側が静かな心持でないと読み過ごしてしまいそうなほどに平明である。鋭敏な感覚は一句の中に溶けこんで突出しない。〈俳句は季節の詩〉、あらためて、そう思う。

辛夷咲きぬかるみに敷く粗筵

こちらにもまた早春の気分がゆき渡る。前出句とは趣を違えて、より具象的。じわりと泥水の浸みる粗筵の質感が辛夷の清潔な白さとともに鮮明。

一歩づつ観る絵巻物春の昼

横長のガラスケースに拡げて展示されているのだろう。全部見終えるまでにかなりの距離がありそうだ。「一歩づつ観る」といっただけで状況が即座に浮かぶ。「春の昼」は平凡なようだけれど、ここで小技を効かしては上のフレーズが生きない。言葉の緩急を心得た上での季語の扱いだったろうか。

同時発表の二十五句の中には

銀座春宵小走りの足袋白し

と、軽妙なタッチの作もある。出勤途中の銀座のバーのマダムといったところ。「春宵」がなんともニクイ。こういう素材にも眼を届かせて幅広く詠まれている。「春塵や国を愛せと拡声器」の句もあった。

掉尾に置かれたのは、

波音や埋めて忘るる蝶の翅

風が運んだのだろう、蝶の片羽が砂浜に落ちている。辛うじて翅脈の見てとれるそれは傷み破れて、すぐにも吹きとばされてしまいそうだ。その上にさらさらと砂をこぼしてみたのは、かすかに心が痛んだ所為か。小さな埋葬の真似ごと。無意識に近い、そんな行為は波音に消されるようにすでに記憶の外。そこはかとない青春の抒情。

村上氏は三十代の若さ。落ちついた作風に驚くが、近年同門の津川絵理子氏と共に「南風」後継者に推された。

その津川氏には次の句、

春寒き死も新聞に畳まるる　　津川絵理子

人の死は重大なこと、の筈。けれど毎日毎日、新聞は新しいニュースで埋められ、昨日の出来事さえ既に忘却の彼方。私たちはそういう社会に生きている。「春寒き死」、この死者にはまだ長い人生の時間が残されていた筈ではなかったか。突然断ち切られた未来。その怒りも哀れさも、数多の記事の中に一括りにされて新聞は閉じられる。そして何事もなかったかのように、普通の生活に戻る。普通の生活とは、実は異様なものではないか、ふと兆した違和感。

花冷や映画観て時失ひぬ

どんなに面白い映画だったとしても、充実した時間と感じたとしても、終わった瞬間の空虚さは別物である。我に返ったときの白々とした喪失感が花冷と通い合う。

狛犬の頭たひらや春氷

「たひら」といわれてアレッと思い、そういえばと思い出した。狛犬の全部が全部そうかどうかは知らないがそう感じたことが確かにあった。見たか触ったか、津川氏はこの時の狛犬に軽い驚きを覚えたのだろう。こういう〈物〉への着目は氏の作品に折々現われて印象が強い。詠む対象を情趣で捉えるのではなく、〈物〉が存在する手触り、その実在感が興味の中心にあるようだ。

一切の私語なし雪の永平寺　　上野一孝

道元開基の曹洞宗大本山。禅の修行の一大道場である。僧の立居振舞は一挙手一投足が緊張に満ちて凜冽。食事や掃除、はては厠の用足しにまで無駄な動きがなく、無言のうちに事が運ばれるという。

一句の語調は内容にふさわしく引き緊まって、雪の中に鎮もるこの寺院の存在感を伝えている。

新雪の降りやみて屋根走りけり　　小森邦衛

小森氏は輪島塗の漆芸家、というより髹漆《きゅうしつ》作家というのが正しいらしい。髹漆とは耳馴れぬ言葉だが、木地の段階から始めて漆塗の行程のトータルをさすものだという。西村和子氏との対談で語られていた。

新しく降った雪がいっとき止んだその刹那、眼に映った景色。屋根の頂に渡された棟木の直線の印象だろう。その水平の描線を「走りけり」と捉えた眼の働きは、造型に携わる人の感性の冴えを思わせる。単なる雪でなく「新雪」であることで景はいっそう鮮やか。

窓の灯

畳屋は香りの仕事夏立ちぬ　　横澤放川

畳屋さんはすっかり数を減らしてしまった。以前は町内に一軒ぐらいは見かけたように思う。この半世紀ほどの間に一般家庭の生活様式は激変し、畳の需要も減ってしまった。最近その良さが再び見直されているとも聞く。古畳を新しいものに取り換えて、藺草の青い香の中に寝転ぶ気分は格別である。

晴れた日など店先から通りへ食《は》み出して作業する職人さんの仕事ぶりには惚れ惚れする。太い畳針を打ち込みつつ、肘できゅっきゅっと押さえるような動作。通りすがりに見かけると、つい立ち止まって眺めてしまう。学校帰りの小学生が二、三人、食い入るように見入っていたりしたものだった。確実で素早い動きに気をとられてつい忘れていたが、作業の工程は成程すがすがしい藺の香に包まれているのだったろう。まさに「香りの仕事」。そしてその一部始終を鮮やかに印象づける「夏立ちぬ」の季語の効果。

げんげ花綵《づな》すこし萎れぬ帰りなん

〈花綵《はなづな》〉の語を知ったのは太田土男氏の句集名によってである。花で編んだ綱の意。ひと昔前の女の子たちは紫雲英やクローバーで花冠や腕輪を器用に編んだものだった。掲句の花綵は紫雲英。春田の畦ででもあったろうか。陽光を浴びてさんざんに遊び、花の首飾りもしんなりしてきた頃、午後の日も傾きはじめた。「帰りなん」の語が、なんとも優しく、すこし淋しい。それともこれは、一人歩きのふとした手すさびに摘んだ紫雲英だったのかもしれない。昔のように上手く編めたことが心愉しく、しばらく持ち歩いていたがいくらか萎れてきたようだ——と、そんな場合も考えられそうだ。

〈にんじんは明日蒔けばよし帰らむよ東一華《あづまいちげ》の花も閉ざしぬ　土屋文明〉の「帰らむよ」の、呼びかける語調を思い出させる呟きである。

湖に主峰の映り厩出し
雲の峰駿馬余生に入りけり　　太田土男

先述の太田土男氏の句集『花綵』から。氏は草地生態学を専攻、主に牧場暮らしであったことが略歴に見える。掲出二句はそのような生活から生まれたものなのだろう。前句は初出時から記憶に残っている。広やかで、しかもくっきりとした景が早春の息吹きとともに描かれる。後句は親しく接した馬だったろうか。往時の駿馬も老いて静かな時を迎えている。余生健やかにあれよとの思いが雲の峰に託される。

冬蜂の死にゆくからだ　さすりけり

その環境からか、句集に動植物を詠んだものは多いが虫を対象にした句は少ない。これはそのうちの一つ。

うっかり読むと、作者が蜂の身体をさするかと勘違いしそうだが、勿論この場合は瀕死の蜂が己が脚を縮めたり緩めたりしている様子の描写だろう。我とわが身をさするように見えたという、哀れさの中にも冷静な観察が感じられる。とはいえ氏の観察眼が冷厳ではなく、温かい人間性を宿しているのは次の句によっても窺える。

聖夜劇にこにこと木になり通す

木の役を貰って、とうとう立ちっぱなし。それも本当に楽しそうに。さて大人だったか子供だったか。それぞれで句の味わいは異なるけれどこちらまで楽しくなる。

どの窓の灯にも人影鰆どき　　友岡子郷

「どの窓の灯にも人影」のフレーズは、どんな季語を核に据えるかで大きく表情を変える。春夏秋冬のいずれの場合もそれぞれの情景として収まりそうだ。いわば無性格なこのフレーズに息を吹きこむのは作者の実感がどれほど係っているかだろう。気の効いた取り合わせとして季語を持ってくるのではない。掲句は「鰆どき」の生活実感がまずあって、灯影に映る人影に心が留まったかと思われる。

歳時記によれば、鰆は春たけなわの頃に産卵のため沿岸に寄せてくる。瀬戸内海の鰆漁は有名であるらしい。関西ではこの魚をことに賞味するという。

友岡氏は阪神淡路大震災ののち神戸市から明石市に移られた。瀬戸内海東部の淡路島を指呼に臨む地である。神戸も明石も瀬戸内の魚は豊富に出回る。鰆の獲れる時期には漁場はもちろん、魚屋の店先が活気を呈する光景を眼にされることも多いのだろう。春季、豊漁つづきに沿岸の町もどことなくはなやぐ。


潮干狩田打ちの鍬を持ち出せり　　中川雅雪

小さな熊手ごときで砂を引っ掻くのではまどろっこしい。貝は砂に食い込んでいる。かくなる上はと持ち出された鍬。たちまち一網打尽だったろう。この臨場感。

長く脱ぐ

西日まだ遺影辺りに夏座敷
未帰還と書かれ斎なし盆用意

榎本好宏

句集名『南溟北溟』からも推察されるように、榎本氏は前《さき》の戦争において本土から海を隔てた地で近親を失っている。「北溟」アッツ島は父の戦死の地。六歳で父を亡くした記憶はその後の氏の生き方に大きく影響してきたのだろう。

座敷に射し込む残照は薄れつつなお遺影を浮かび上がらせている。かたや後句では〈死〉ではなく「未帰還」と記されたまま生を断たれた人に営まれる盆会。激戦地では死を確認することすら不可能であったということにほかならない。生の証としての子を遺すことも出来なかった死者である。

句集あとがきには敗戦後の長い歳月への感慨が述べられて胸を打つが、作品の多くは思いが沈められていて、氏の日常詠は静かである。

白く来て黒く去にけり初燕

単純至極な詠みぶりで呆気にとられたのだが、燕の飛翔には確かにそんな印象がある。図鑑を開いてみると、この鳥は腹部が白く背中は黒い。なるほど、向かって来るときと飛び去るときとでは瞬間に眼に映る色は違うのだ。こう説明してしまうと理屈っぽくてつまらないのだけれど、一瞬の素早い把握。ことに「初燕」であるために、この把握がいきいきと感じられてくる。単なる〈燕〉では成程、で終わったかもしれない。

数へ日の話し足りなき母帰す

近所に住んでいる母なのだろう。ながながと続く話にけりをつけて、〈母さん、今のうちにもう一仕事しなければいけないから失礼するよ。そっちも年末の片付けがあるんじゃないか。うかうかすると夕方になっちまうよ〉と、そんな会話が聞こえてきそうだ。子供というものは母親には遠慮がない。とはいえ名残惜しく立ち上がった母を見送って、あとで菓子の一つも届けてやろうかと、ちょっと済まなく思ったりして。

まんさくや宿《しゅく》のはづれに馬の墓　福神規子

街道の要所に馬が置かれ公用に使われたのは律令制の昔からのことだった。時代が下ってからも街道筋の宿駅では、人を乗せたり荷を運んだりと、馬はよく働いた。「墓」はそんな役馬のものだったろう。老いて死んだか事故に遭ったか、黙々と働いてくれた馬をねぎらって小さな墓標でも建てたのかもしれない。それももう古い昔のこと。この宿場町も以前の繁栄を終えて静かな佇いを見せている。早春に咲くまんさくの花がひっそりと風情を添える。

白南風に紺の筒袖紺烏帽子　　辻　恵美子

筒袖と烏帽子、さてこの装束は何だったかと思い出せずにいたら、同時掲載に「鵜」を詠んだ作があった。鵜飼の折の鵜匠の身拵《みごしら》えである。鵜飼という漁法は古く、大和朝廷にはこの業で仕えた部民があったというくらいだから装束にもその名残りが伝えられているのだろう。昼間行う場合と、篝を焚いて夜に行う場合があるようだが、観光用のショーとしては夜間のものが有名。

掲句は夜のための準備というよりは昼間であったようだ。梅雨の時期を過ぎて本格的な夏を迎える頃。南風も明るい光を運ぶかに吹く。「白南風」の「白」は感覚にほかならないが、言葉の上での「白」が、現実の「紺」との対比を鋭く印象させて、作者が敢えて鵜飼や鵜匠などの説明を省いた意図にも納得がゆく。その上で、鵜匠の立姿を想像するとき引き緊まった風貌まで浮かんでくる。「紺……紺」と畳みかけたリズムが心地よい。

辻氏にとって鵜は需要なテーマであるらしく、第三十三回角川賞受賞作「鵜の唄」では全作品に「鵜」が詠み込まれていた。

夕風にまだ火を入れぬ鵜の篝
朝顔の咲く庭に干す鵜装束

などの作品がある。

田を植ゑて来し長靴を長く脱ぐ　　今瀬剛一

「長く脱ぐ」に意表を突かれ、思わずクスッと笑ってしまった。独得のウイット。そしてこのウイットには確かな実感がある。「長く」は形状であると同時に、靴から足を抜き取る手間ひまを思わせてユーモラス。今瀬氏の句にはときどきこういう軽妙さが顔を出す。対象への接近の仕方が体感的ということとも係るようだ。

掲句はさらに、田植のあとの疲労感もそこはかとなく滲ませている。

あざみあざみいかにして己を消すか

氏には珍しい破調の句。「いかにして……」は作者の感慨としても読めそうだが「あざみあざみ」と呼びかけて、その棘で鎧った身をどう終わらせるのかと言っているととった方が素直だろう。そこに自身の投影も含めて。

草いきれ

週刊誌雨ぶくれなす草いきれ　　小澤　實

草いきれにむっと包まれる、野原・原っぱと呼ばれるような場所をほとんど見かけなくなってしまった。せいぜいが更地のまま放ってある建築予定地だったりする。

掲句からは河原の土堤などを想像してもいいかもしれない。読み捨てられた週刊誌が始末もされぬまま、もう長いことそこに在る。雨ざらし日ざらしを繰り返してぶくぶくの表紙が、それでもまだ安っぽい極彩色をとどめていたりして。

ここで、夏草やら茂る草やらと視覚に訴える言葉を持ってくるのではなく「草いきれ」を配したことで、週刊誌の物体感が強く印象づけられる。同時作の

飛魚を開き干したり鰭断つて

も同様に、〈物〉のありようがリアル。翼のような鰭を持つ飛魚ならではの着眼が情感を切り捨てている。初期の作である「浅蜊の舌別の浅蜊の舌にさはり」との共通性を思うが、その感覚は

突出を抑え沈潜してきているようだ。

滝の水かつて棚田も養ひき　　茨木和生

広い耕地を持たぬ山間では山腹の傾斜をも切り拓いて棚田を作った。〈耕して天に至る〉景色は美しいが、日々の労働は平地とは比べようもなく手間のかかるものだろう。それでも、その傾斜を利用して山の水を田ごとに引き、秋の実りを喜び合ったに違いない。山中に懸る滝の水は景観としてだけでなく、田を潤す役割もはたしてくれたのだった。自然と人の暮しとの共存。だが、農業をはじめ水産業・林業といった、直接自然に係わるいわゆる第一次産業はこの半世紀ほどの間に衰退、変貌した。目先の利潤を追う経済政策や人手不足の加速によって。掲句の「棚田」も耕す人を失い、朽ち果ててしまった。滝の水はいまも清冽に流れているというのに。

句集『真鳥』にはほかにも、

　朴の花開拓村の家崩れ

があった。未来を夢みて荒地を開墾し豊かな収穫を願ったはずなのに、自然の厳しさはその希望を砕いてしまったか。廃村となった部落に朴の花ばかりが白い。

金襴に亡骸しづむ大暑かな　　井上康明

豪奢な死、ふとそんな言葉が浮かぶ。だがどんなに飾り立てられても死は死。立派な柩も祭壇も生者の側の都合であって死者には無縁のこと。冷静な詠みぶりからすれば、作者に親しい人ではないだろう。では、大寺院の首長の葬儀など想像するのも許されるか。「金襴」は柩の装飾だけれど、身分の高い僧の袈裟からの連想を誘う。「大暑」が死の全てをつつんで非情。

鯊釣の子どもに大人混じりをり　　秋月祐一

一読、ああ、そうですかといって通り過ぎてしまいそうな句である。子どもに混じって大人が興じている情景というのは凧揚げでも独楽まわしでも、いくらもある。だがこの句は鯊釣であることで、大人と子どもが共に興じる遊びとはいくらか違った雰囲気を感じさせる。

たいした技術もいらず簡単に釣れる鯊釣は、一人一人が自分の成果に夢中になって他を顧みる余裕もなさそうだ。黙々と熱中している背中が岸壁にでこぼこと並んでいたのだろうか。鯊は秋の深まりとともに河口や岸壁などの浅い場所から深間に移っていく。となると今度は鯊船の出番ともなる。掲出句は秋の初めの涼しい風を思ってみたくなる景色。

同時作に「柿羊羹無口なれどもよく笑う」もあった。作者はもともと短歌の人。いずれは俳句の取り合わせによる飛躍や落差感を駆使したい指向もありそうだ。

摑まれてまつすぐになる海鼠かな　　　鳥居三朗

句集『てつぺんかけたか』より。ぐんにゃりと横たわっていた海鼠が、摑まれた刺激でたちまち硬直する。いってみればそれだけのことだが、虚をつかれた。海鼠だって生きている。思わぬ事態にぎょっと身を引き緊めたのだろう。

生きながら一つに氷る海鼠かな　　　芭蕉

の、非情の情をあっけらかんと切り捨てた作品。鳥居氏はこの句集刊行後、逝去された。ご冥福を。

好きなものいふとき小声吾亦紅　　　柏柳明子

思わずそうねそうねと呟いてしまった。普段、気にも留めていなかったけれど、成程そうなのだ。初々しい恥じらいが声をひそませる。こんな感情は、女性の大方が共感を覚えるのではなかろうか。いくつになっても少女の心は残っている。可憐な吾亦紅にも似て。

いもうとの手

草虱いもうとの手の邪険なる　　桑原三郎

草虱とか藪虱とか呼ばれるこの草の実は、植物とは思えないほどの執念深さでくっついてくる。いったん服に付いたら少々払ったくらいでは離れてくれない。虱と呼ばれる所以だが、草には草の事情があってこうして人の衣服や獣の毛について運ばれて繁殖しなければならないのだから仕方がない。草叢に入ったら最後である。

家に帰れば、小うるさい妹が目敏く見付けて言うことはいつも同じ。〈お兄ちゃんたら、またこんなにくっつけてきて。なかなか取れないのよ、ほらほら背中の方まで。お相撲でもとってたんじゃないの、馬鹿ね〉と、ここまで言ったかどうか。ともかくズボンやら上着やら払ってくれるのはいいが、無慈悲な手つきで、払うというより殆ど叩いているようだ。

大人になっても相変らずズボンの裾に草虱を付けて帰ることがよくあるが、その昔の妹のお節介を思い出す。

三郎氏に妹がいらしたとは知らないが、〈いもうと〉という存在はこういうものなのだろう。親切で、ちょっと邪険で。そういえば子規にとっての妹・律もちょうどこんなふうだったではないか。子規は文句を言いながら妹を頼りにしていたのだから。

日のぬくみこぼして種を採りにけり　　蘭草慶子

夏から秋にかけて眼を楽しませてくれた草花だったろう。また来年と思いつつ種を採る。日向の暖かさが種にも移っているようだ。以前の作に、

花言葉かがやくばかり種を蒔く

がある。種を「蒔く」のと「採る」のと、心の置き方の違いがはっきり見て取れる。と同時に作者の経てきた年月の重みが対象の捉えかたに出てきているのかもしれない。掲出句は穏やかでさりげない一情景。

蘭草氏は写生の実《じつ》を身につけている人だが、実でありつつ虚の気配をかすかに漂わす場合があって、それは遥けきものへの志向を思わせる。本句集『櫻翳』では老病死に心を留めている句も多く見受けられ、そのせいだろうか、見えざるものへ手を伸ばしたがっているかのようだ。

ひるがほや永劫は何待つ時間

昼顔は虚実の間《あわい》に咲いている。

詩の表現は虚と実の綱引きをしているようなもので、どちらに傾きすぎても危ういことに変り

はない。藺草氏にはその呼吸が備わっているのだろう。たとえば、

たましひも入りたさうな巣箱かな

にしても、「たましひ」という観念的な言葉を用いているのに、巣箱の形と入り口の丸い穴とを思い浮かべるとき、成程そうかもしれないと微笑ましく頷いてしまう。対象への把握を曖昧にせず、適確な言葉に移し換える習練を積み重ねてきた人ならではだろう。観念は具体にしっかり結びつけられて、放縦に流れてしまわない。

草市や顔の近くに灯をともし　森賀まり

盆の市の別名が〈草市〉だが、この〈草市〉の名称には、種種《くさぐさ》のもの、つまり多くの種類・材料を売る市という説と、盆花・秋の草花のたぐいが積まれて草原の風情をなすからという説とがあるそうだ。

由来はともかく、現在でもみられる盆用意の品々は、真菰筵や真菰の馬をはじめ溝萩・蓮の葉・鬼灯と、植物のオンパレード。そうそう苧殻を忘れては精霊さまに叱られる。いずれも昔は日常の暮しの身辺にあった草々でととのえられた盆のものである。

いまでは簡便にスーパーで売られたりしているが、地域によってはまだ小さな市の立つところもあるのだろう。にわか仕立の台に並べられたそれらの品をぼんやりと明りが照らす。賑やかな売り声で呼びたてるわけでもなく手持ち無沙汰に腰を下ろして、客が立ち寄るのを待っている売

り人。所在なげなその顔が電灯にちかぢかと浮かび上がる。祖霊を迎えるための用意と思って眺めるせいか、草市には何がなし淋しげな情趣が漂うようだ。

この句の「顔」に表情を読みとることは出来ない。単なる「顔」。それで「草市」の主題が生きる。

雨雲の崩るる匂ひ芒原

同時作。重い雨気があたりに立ちこめて、いまにも降り出しそうな気配。その空気の感触を「匂ひ」と表現して同時に一望の芒原を眼の中におさめた。

秋には案外、雨の降ることが多い。その季節感が一句に言いとめられている。

カンナとはフレンチカンカン祖《おや》とせり　　山﨑十生

一読、啞然。頭にこびりついてしまった。レビューたけなわ、極彩色の膨らんだスカートの群が狂喜乱舞の出現をするのがこのダンス。真夏に咲くカンナのイメージが交錯する。それが一句のすべて。

父が死ぬ

父が死ぬ勤労感謝の日の朝よ　　長浜　勤

句集『車座』より抽いた。男の子の成長過程で父という存在は複雑なものかもしれない。無邪気な幼年時代はともかく、思春期から成人となって、その折々に経験する心中の葛藤はいくつもの小説の主題にもなっている。

父の経てきた人生の山坂をとりたてて聞いたことはなかったけれど、自分も妻子を持つ身になってみればふと「父はどんなことを思っていたのだろう」と、訊ねてみたい気もしたものだ。いまさら口に出すのも照れ臭く、その老いた顔を眼の隅にとどめているばかりだったのだが、寡黙で誠実、ひたすら勤勉に一生を過ごして家族を養ってくれたということだけは分っている。

その死が勤労感謝の日だったというのは、父の生涯を象徴しているようで切ない。

ねぢあやめ元々ひとは苦手なり

好き嫌ひはつきりさせず田螺食ふ

同句集にはこういう句もあって、作者の自画像そして人生に対する処し方を思わせる。饒舌ではないお人柄。ただし自分自身をも含めて人間に対する洞察も観察も行き届いていることは、

みな違ふ風邪の薬を見せてをり

むかしならとうに老人水打てり

などの句からも窺われる。さりげなく言い取った中に、俳諧味がちらりと覗く。こういう個性は自己を見つめる眼がなくては浮わついたものになり易いだろうけれど、長浜氏にはそれが確かに備わっている。

詠むべき対象と自己が見据えられた次の句、

膝ついて己消したる泉かな

稲刈機あつさり刈つて戻りけり　　小笠原和男

いちめんに実った稲穂の波。平地の田んぼはなかなかに広い。ものものしく出現した稲刈機だが、それにしても相当の時間はかかるだろうと思っていたら、さっさと済ませて帰ってきた。何だか拍子抜けした気分。

余談だが、つい先日この句にそっくりの見聞をしたのでちょっと一言。長野県塩田平でのことである。

数人が手刈りをしている光景に出合った。一束ずつまとめては稲架に掛け連ねてゆく。手際は

さすがだが終えるまでには相当の時間がかかるものと眺められた。そこへ今度は隣の田に稲刈機が入ったと見る間に、半分ほどが刈られてしまって呆気にとられた。こんなに簡単に済むものなら、どうして全部機械でやらないのかと訊ねると、上質米は手刈り、天日干し。普通の米は稲のまま組合へ持ち込んで乾燥から精米まで一括して処理してもらうとのこと。素人の悲しさ、感心して聞くばかりだったが、それにしても稲刈機の威力はまさに掲句の通り。

風景のこちら向きたる落し水

稲が稔りはじめる頃、田に張られていた水を落として乾かす。刈入れに備えての一作業である。それからのほぼ一箇月あまりの間に稲は十分に成熟する。
「風景」が「こちらを向く」という表現は、具体的な景を示してはいない。感覚を感覚のままに言い取って、作者の見ている稲田の風景はこれだと差し出している。青々となびく一望の稲田はもちろん、背後に連なる山々はあるのか、点在する農家は、はたまた小さな祠を蔵する屋敷林なども視野に入っているのだろうか等々、それら一切をひっくるめての「風景」である。
畦の水口を切って田水を落とす音が響きはじめた。農作業は次の段階を迎える時期。秋の深い空の色が頭上に広がって、景色が鮮やかさを増したようだ。眺めている自分の方へ正面から姿を現すかのごとくに。

赤ん坊の噯気や冬日ひと弾み　　横澤放川

難しい字だけれど「噯気」は〈おくび〉。げっぷのこと。勢いよくおっぱいを飲んだ赤ちゃんは空気も一緒に飲み込んでしまうらしい。たっぷり飲んで満足した赤ちゃんを抱き直してしばらく背中をとんとん軽く叩いてやる。げっぷが出たのを確かめて寝かしつける。そうしないと、お腹が張って苦しくなった赤ちゃんは口から空気と一緒にお乳を噴出してしまったりする。

噯気は満腹のしるし。ご機嫌な赤ちゃんのげっぷに弾かれて、お日さまもひと揺れ。冬日がまるで手毬になってしまったかのようだ。なるほど赤ちゃんは宇宙的存在なのだろう。

　赤子泣き未草にはひつじ刻

午後の日が傾き始めた頃。むずかって泣き出した赤ん坊と、静かな水面に花を開きつつある未草と、その対照。

思わず筆が滑って、赤子の泣き声に誘われて未草が花びらを開き始める、と言いそうになって思い返した。もとより二つの事実に何の関係もない。詩の鑑賞の上でも両者を係らせず、赤子という自然存在と植物の自然の相とが別々に進行すると捉えた方が、余韻が残る。

◉2016年

餅焦がす

お隣の窓も灯ともり年歩む　深見けん二

歳時記の〈行く年〉の傍題に〈年歩む〉が出てくる。一年の歳月が流れ去る感慨を擬人化した面白い季語である。高浜虚子に「年を以て巨人としたり歩み去る」があって、この句のおかげで定着した季語かと思ったりするが、深見氏は虚子の直系のお弟子である。

虚子句からはズシンズシンと大きな響きが聞こえてきそうで、その端的、直截な詠みぶりに呆然とするほかはないが、一方、深見句のしみじみした静けさは、人間の暮しに寄り添った細やかな感情が底流にある。我家も、そしてお隣の窓にもという人懐しさのこもった灯の色が過ぎゆく年への思いに優しさを添える。

年立てり木賊の緑立つ辺り　　　辻田克巳

庭に植えられた木賊を普段から眺めて楽しんでおられるのかもしれない。湿った土を好むこの植物はシダの仲間だそうだが特異な形状をして常緑である。寒気厳しい中で、一叢の木賊のほかは周辺ことごとく枯色を呈しているのだったろう。緑鮮やかなひとところに眼を止めて、そここそ新しい年の訪れを感じるのは、木賊に寄せる作者の偏愛の然らしむるものだったか。新しい年は、日常と地続きの時間ではあるけれど、それでもやはり改まった気分を誘う。同時作の、

棟瓦踏まへて今日は初鴉

の「今日は」と興じたところにも同じ心のゆとり。

枯れるべきもの枯れきりぬ日の恵み　　　池田澄子

自然の運行は人智に係わりなく、季節が来ればその季節の相を表す。植物であれ動物であれ滅するべき時期が来ればその生を全うして終えるのだ、そこに日の光が射している——と、そう読み下してどこか落着かない気分が残った。

「日の恵み」、そう、これは「恵み」なのだった。樹木であれば、春の芽立ち、夏の花や茂り、

秋冬に至って葉を落とし枯れ尽くす。為《な》すべきことを為して役割を終えることこそ幸せというものだろう。太陽がその恩恵を与えてくれた。枯れゆくものを諾いつつ。

蓬萊やプラスチックは腐らない

新年のめでたい蓬萊飾り。後年廃れてきて、現在ではお節の重詰がその代りのような様態だが、容器や装飾にプラスチックが大活躍。人工の安っぽさはともかくとして「腐ら」ず残るという、そんなところをチクリと突いた視点の当て方が独特。

はるかなる白波とどき初雀　　友岡子郷

友岡氏には海に題材をとった句が数多くある。

風景は人の心を育てる。そして表現をなすとき、翻ってその心の色が風景を染める。自然が形作る景は一つだが見る者の心の置き方でさまざまに姿を変える。氏の作品を読む時、しばしばそんなことを思う。

ここでは、沖の遠景につづけて渚に眼を移し、雀の近景を配する。波の飛沫が雀になったかのような可憐さ。お正月を迎えて初めて見る雀たちである。清らかで、親愛のこもった情景。その一方で、

想《おもひ》まだかたちをなさず海寒し

と、思念を深めてゆく精神が核にあることも見逃すべきではないだろう。声高にではなく沈潜に

向かって。

友岡氏が近年刊行された『俳句とお話』は、少年少女向けに書かれたものだが氏の俳句観が窺われる、大人にとっても充分ためになる好著だった。

ここもまた筑波の麓餅焦がす

今瀬剛一

上手に焼けたお餅の香ばしさは何ともいえない。子どもの頃、火鉢に網を置いて丹念に引っくり返しながら焼いたのを思い出す。昨今は電子レンジでチン、トースターでチン、まことに簡便に済ましている向きも多いことだろう。炭火でとはいかずガス火であったにしても狐色に焼けた餅の匂いはお正月気分を盛り上げる。ついうっかり焦がしてしまっても、あれあれという笑いのうち、めでたいくらいのものだ。

関東では〈西の富士、東の筑波〉と称えられる、その筑波山を常住眺めて暮らしておられるらしい。昔に比べれば、高い建物に遮られたりしてはいても我が住む処は筑波の麓と思えば何やら誇らしい。「餅焦がす」の諧謔味が土地への讃歌と相俟って「日常生活に根ざした作品」を、という作者の言葉をそっくり体現している。

嫌はれてゐるやも知れず日向ぼこ

の、そこはかとない可笑しみとともに生活の愉しさを味わわせていただいた。

スーパームーン

墓石を数へるやうに梟鳴く　　榎本好宏

暗い夜。灯のともる室内にいても闇の気配は濃い。くぐもるような低い声音を聞いた気がして耳を澄ます。梟の声。気がついてみれば、さっきから啼いていたのだろう。途切れてはまた同じ調子でひそやかに続く。その声が耳に憑いてしまった。夜行性のこの鳥には、そういえば冥界の使者という伝説がどこかにあったのではないか。夜の闇がいっそう深くなる。

ふと、昼間見た墓所の景色が甦った。昨今の明るく整備された霊園などとは違う。風土に根付いて暮らしてきた人々が死後も寄り添い合うかのような墓の一つ一つである。古い墓石に混って新墓らしきものもあった。

梟がまだ啼いている。ホーホーと単調に繰り返すあの声はひょっとすると、ひとつ、ふたつと墓石を数えているのではあるまいか。そのことが作者の想念にしのび込んだまま離れない。

榎本氏の作風を、具象的に事物を描く手腕に見ていたのだが、掲句はその点からみれば珍しい部類に属する。聴覚を主体に、そこから拡がる幻想へ感性を届かせている。現実に見えるものはここにはない。それなのに一句がムードに終わらず鮮明に立ち上ってくるのは、単なる「墓」ではなく「墓石」だったからだろう。実体感に意を用いてきた作者の無意識の言葉の選択であったのかもしれない。

「梟」といえば晩年の加藤楸邨に

ふくろふに真紅の手毬つかれをり

があったのを思い出す。解釈に諸説ある問題作だが、こちらもまた梟の声を契機として不可思議な景を現出させるものだった。

スーパームーンどこかで鯨産れをり　　遠山陽子

軌道を巡って地球に最接近した月。スーパームーンは新月の場合も満月の場合もいうそうだが、この句は断然黄金色に輝く満月に違いない。地球上のどこか、遥かな海で鯨が誕生している。この巨大な哺乳動物の赤ちゃんを巨大な月が照らす。メルヘン的な、と括ってしまうのは簡単だけれど、このような発想の根にあるものを思うとき、ふと西脇順三郎の、詩はウイットだという言葉を反芻してみたくなる。〈ウイット〉の意味は難しい。言葉の断片からの憶測にすぎないから無責任はなはだしいが、機知というだけの単純さではなく、表現の生気・活力を支える諧謔性に及んでいたかと記憶する。〈冗談〉という語さえ出てきたのではなかったか。

そんなことを思い出したのも、遠山氏の作品に、生真面目に意味を追ってしまっては分からない要素が多いと感じるからだった。だが諧謔という方向から照明を当ててみるとクレバスを軽々跳び越えてなんと面白くなることだろう。

百舌鳴けり減塩醤油疑へば

は分かりやすい。疑い深く添加物をチェックしている様子を揶揄するような百舌の一声。では次の句はどうか。

幾夜さを鶴の匂ひの薬のむ

まずは「鶴の匂ひ」で躓く。どんな匂い？　そこを我慢してひととおり作者の言を諾ったのち、読み手は自由に鶴からの連想を拡げればよいのではないか。作者に同化して体験を共有したいというのが最良の作品享受なのだから初めから目くじら立てるには及ばない。

どっこいしょなる大声も初昔　　宇多喜代子

若い頃は滑らかに体が動いた。日常起居はもちろん、遠方への外出だって気軽なものだった。それがどうだろう、気がついてみれば右から左へ物を移すだけのことにさえ掛け声をかけての動作になっている。どっこいしょと弾みをつけるのは自分を励ますものかもしれない。それでも芯が丈夫であるのか声の張りは失われていないようだ。思いがけぬ大きな声が出て我ながら苦笑する。齢を重ねてまた新しい年を迎えたけれど、去年に変わらぬ元気な声で過ごしたいもの——と、勝手な鑑賞を連ねてしまったが、宇多氏といえばすぐれた評論の書き手として女性俳人の草分け的存在。故飯島晴子氏とともに一時代をリードした双璧である。現在も変わらぬ活躍ぶりは周知のことだが、その批評やエッセイは机上の空論ではなく実践に基づくことで信頼を勝ち得ている。「どっこいしょ」には磐石の重み。

俳誌「星の木」は四人の女性俳人が集って純粋に作品発表のみの場となっている。切磋琢磨の成果を鑑賞する誌面がなくなってしまって残念だが、作品のみ紹介する。

菊の花いくつも茹でて東歌　大木あまり
あしあとのくぼみて青き名残雪　石田郷子
立冬や夜も噴煙を月照らす　藺草慶子
樹の下へ荷物集めよ秋高し　山西雅子

浅春

幕間の咳が伝染してゆけり　　仁平　勝

仁平氏の俳句には、表現において見得を切らないこと、知的操作をしないこと、を課しているような印象がある。単に平明というのとも少し違っていて、いわば行き当たりばったりの偶然を偶然のままに記しておきたい、といった感じを受ける。〈切れ〉をほとんど感じさせない作風。シャープな評論に定評のある人の作品として興味深い今回の二十一句だった。

掲出句からは歌舞伎の舞台などを想像する。一場が終わり、観客の緊張もほっとゆるんで、怺えていた咳を一人が洩らすと次から次にそちこちの座席から咳やら溜息やら。誰しもよく経験すること、否、そう思わせられる普通の出来事。観劇の興奮などどうでもいいのだろう。面白くも可笑しくもない日常のひとこまが落とし物のように拾われる。そのような興味の向きは季節に対しても、

三寒も四温も隔てなく過ごす

と、気象の変化さえどうということもなく推移するに任せて、感慨というものからそっぽを向いている。

浅春や百済観音茎の如　　小林貴子

〈法隆寺五句〉と前書された中の一句。よく知られた法隆寺百済観音である。水瓶《すいびょう》をつまむように提げて、すらりと立つこの像は、肉付きをほとんど感じさせないしなやかな細身の肢体を持つ。それを単純明快に「茎」と言ってのけた感性に驚く。正面からの立ち姿もそうだが、横から眺めた場合の身体の撓《しな》りが一本の草茎を思わせたのだろう。この句のぶっきら棒なほどの断定が、読み手を無理なく納得させるのは「浅春」の季語が草萌えの季節を連想させるせいでもあるに違いない。

同時出句中には次のような作品もある。

外套の重かりし世の終りけり

一見して、古格を保った詠みぶり。思い出すのは、

外套の裏は緋なりき明治の雪　　山口青邨

外套の釦手ぐさにたゞならぬ世　　中村草田男

などだが、青邨句からはどこか厳めしく威を張った明治という時代、そして草田男句には暗雲たちこめる世相を背景にした「外套」の世があった。重い外套に象徴された時代。

かたや貴子句に詠まれた現代。ダウンコート、ダウンジャケットが幅を利かせて人々はかるがると街を闊歩している。肩の凝りそうな外套など脱ぎ捨てられて久しい。句の表面に書かれているのはそこまで。けれど、先に〈古格を保った詠みぶり〉といったように、句の荘重な表現はそれだけで終らせないものを孕んでいる。青邨・草田男両句の時代性を下敷きに、軽くなったのは外套ばかりではない、世の中全体が軽佻浮薄にもなったのだ、との意がひそんでいると思うのは読みすぎだろうか。

波音が好きで遺愛の冬帽子　山田佳乃

繰り返し打ち寄せる波の音。渚に佇んで遥か沖に眼を遊ばせていると、いつしか波の響きと体内の鼓動が溶け合って一つになるような放心に誘われる。海べりの寒さを用心して帽子をかぶってきたのだが、そういえばこの形見を遺してくれた人も冬波の寄せては返すひびきを聞くのが好きだった。帽子が波音を懐かしんで、私をここに連れてきたのかもしれない。亡き人と一緒に海を眺めている心地がする。

風の音《と》の遠き淡海を鳥帰る　山根真矢

地名には豊かな時空がある。風土の自然、人の生活。ましてそれが歴史上著名な地であれば時代による栄枯盛衰の様相は詩文にも語り伝えられて、その地を踏まなくとも知った気にさえさせられる。〈淡海〉も例外ではない。上掲句から受ける情趣もそのような陰翳をまとっている。読み手の恣意的なイメージを許容する範囲が広いのだ。旧国名の淡海。琵琶湖を眼下にして広がる空を、早春、渡り鳥が帰ってゆく。

ここで、「遠き」の語に少しこだわってみたくなった。上五・中七の続き具合（あるいは切れ具合）についてである。〈風の音が遠く聞こえる湖〉とつなげるのか、または「風の音の」でひとたび切って「遠き淡海」と語を継ぐか。後者の場合、〈風の音の淡海〉〈遠き淡海〉は並列対置されて、多分に心象的になる。「風の音」は作者にとっての淡海を象徴し、「遠き」は遥かな思いと距離であって、眼前からは離れる。

くだくだしい説明をしてしまったが、「風の音の」の「の」はいわゆる〈切れて切れない〉といわれる「の」の部類なのだろう。五・七・五の律動がこのような働きを呼び起こす。日本語の語法は曖昧だがそれを逆手にとったともいえる。挿入された「遠き」の語は上にも下にもかかってゆき、芦の水辺を吹く風音は淡海に寄せる思いを一層はるかにしている。

萍

天地開闢《かいびやく》萍の生ひそむる　齋藤愼爾

「天地開闢」といわれてあの国生み神話――形を成さぬ混沌を天の沼矛が掻きまわしたという――を思い出す。壮大なイメージの天地の始まり。これは日本の話だが、世界各国の創造神話にも水（液体）に係わる記述があるのは面白い。掲出句の「萍《うきくさ》」はそんなところからの連想が尾を曳いているのだろうか。水面に浮かんだ可憐な緑の一点が世界の核であるかのような印象。春の訪れ。

せせこましい写実にとらわれず、詩的な想像力をゆたかに広げた作品。

初午や顔引つ込めて子ども消ゆ　小川軽舟

二月最初の午の日のお祭。大きな神社はもちろん、普段はひっそりしたお稲荷さんの祠でもこの日ばかりは幟を立て、稲荷鮨やら団子やら供えられて晴れやか。何といっても庶民に親しい神様である。

境内は常ならぬ混雑。大人の間から顔を覗かせていた子どもの一人とふと眼が合った、と、たちまち首をすくめるような仕草で隠れてしまった。そんな一瞬の姿態が「顔引つ込めて」と捉えられた。あっという間にいなくなってしまったが、なにやら子狐の化身ででもあったような。それともこれは田舎のささやかな路傍の祠か、屋敷の裏にでも祀られたものだったろうか、近くの木立から隠れがちにこちらを向いていた子どもだったのかもしれない。姿が消えたあとにはがらんと静かな昼の日差し。

豆撒や子どもに山の星高き

ここでは、節分の夜が清浄な大気に満たされて感じられてくる。

万愚節伏せ字に代はる自主規制　　白濱一羊

〈戦争のつくりかた〉と題する十二句中の一句。

白濱氏には昨今の世相への危機感があるのだろう。なんだかこのごろの世の中はおかしいねと、大方が感じつつ囁き合いつつ、率直にものを言うことを憚る風潮に傾きはじめているようだと。その怖さを、

黙すれば戦は近し炬燵猫

とも詠まれている。

俳句で時事を詠む難しさは、単に短いゆえに事柄を十分述べられないところにあるだけではない。十七音の短かさは、報告的だったりスローガンになったりしやすい。批判の根底に、世間的な通念以上の深い認識がなければ、批判というものもたやすく迎合の側にまわってしまいかねない。言葉は不安定な器なのだから。そしてそれ以上に、言葉が詩になるためには現実の事象を超えた抽象化、あるいは象徴化が要求される。渡辺白泉の「戦争が廊下の奥に立つてゐた」はそのすぐれた成功例だったろう。

話が逸れた。上掲句は、太平洋戦争当時ひんぱんに行われた「伏せ字」、これは体制側が強いたものだが、それに匹敵する愚かさを今私たちは自らなぞり始めているのではないか。我々こそが戦争を呼び寄せている、と。

「万愚節」の語は衆愚に通じ、その意味ではやや都合よく当て嵌めた感もあるのだが、代わる言葉はおいそれとは見付からないだろう。有季派のつらいところかもしれない。それはともかくとして、現代社会に眼を据えた作者の姿勢が貴重。

夢に会はむ今宵滝壺まで凍る　　望月　周

「夢に会はむ」と想う相手が異性であったかどうかは知らないが、読み手としては相聞の王朝和歌の影をちらつかせて愉しみたい気に誘われる。

夢であってもよいからという堰かれた心情を、中七以下のフレーズが引き緊まった衝迫力で受ける。この部分が甘いものだったなら、凡庸な一句にとどまっただろう。単なる「滝」ではなく「滝壺」、それが凍るイメージは具象的で、〈思い〉と〈景〉がすぐれて映り合う効果をもたらしている。滝壺さえ凍らせる寒気が二人を隔てるか、いや、その凍てこそが現《うつつ》を超えて互いを相寄らせるものだ。「今宵」の時間限定によってさらに切実。

望月氏には抒情性の濃い作風という印象を持っている。その情感に溺れず、俳句性への確かな配慮が抑制の利いた形象化をさらに進めている。

杜かげに午後は日当る畑返す　柏原眠雨

午前中は日陰、午後から日向という畑の状況を説明的でなく納得させる。同時作の「畦焼の煙のとどく珠算塾」とともに、描かれた場面には無理のない生活実感の裏づけがある。

耕衣の句もて歯固といたさむか　大石悦子

新年の季語「歯固」の語意を生かして、難解な耕衣句を噛み砕きそうな勢い。大石句のユーモラスな一面を示す、品の良い諧謔。

大降り

大降りの雨の熊野の雛祭

茨木和生

七〇年代あたりからだったか、この国土は均一的な開発の波に揉まれて、さまざまな地域で風土の特徴というものが失われていったようだ。土地に根づいた信仰や文化が薄められ忘れられて、妙に明るく薄っぺらになってしまった気がする。人間を超えた存在への怖れを失ったのだといってもいい。現在その揺り返しが来ているのかもしれないと思ったりするのだが、それとは別に、平均化された地域の中にあって、それでもまだ原郷と呼びたい土地のいくつかを幻のように思い描いていた、その一つに熊野がある。

地霊が息づいているような地。茨木氏はそのような原初的な土地の霊性と交感したいとの思いがあるのだろう。句集『熊樫』あとがきに、居住する平群についての一節がある。

平群の山を歩く時、私は熊樫の小枝を折って、身を祓い、道を祓って山の中に入ってゆくことにしている。熊樫の持つ霊力を信じているからである。

上掲句は平群ならぬ熊野でのことだが、他郷に対しても敬虔な心持は同じだったろう。同句集に「年浪の流れて朝日那智の滝」とも詠まれている。

句形は「……の……の……の」と重ねた言葉のうねりが大柄で、勢いを保ちつつ「雛祭」に収斂してゆく。この音律は呪詞のように響いて、人に関わる行事である雛祭を包み込む。自然のなかに人間の営みが一体となる。氏の興味は生きている人間を離れない。生活の多くの場面を描いてまことに人間臭くユーモラスな句も多い。

煙草臭きことも格別蝮捕

こちらなど蝮捕の人物像が彷彿として楽しくなる。

加藤静夫

運を天に任せし国やすいつちよん
梅雨菌多数決にて国滅ぶ

加藤氏は藤田湘子門。師とはまったく異なる作風の加藤氏の個性は湘子によって認められ育まれた。俗な素材をも駆使し、機知縦横。硬直化した思考を笑いとばす趣のあるのは、生真面目にものを言うことへの含羞によるのだろう。〈私はただ「今」を生きる「人間」を詠むだけである〉という氏の「今」は、世の中全般の動きにも鋭敏な眼を注ぐ。掲出二句のほかにも「さるほどに国家死に体夜蟬鳴く」「亜米利加の傘下にありぬ猫の子も」とも詠まれていて、諧謔のオブラートにくるみつつ、庶民の不安や危機感を伝えている。

真実は新聞にあり開戦日

現在の私たちは過去の戦争において新聞がどんな報道をしたかを知っている。この一句の丸ごとの皮肉。こういう句を加藤氏に詠ませてしまう社会状況をこそ嘆くべきなのかもしれない。氏の本来の向日性は、

冬たんぽぽ本気になればすごい我

と、ほほえましく力んでみせたり（そのすぐ後で照れてしまうのだろうが）、

遠足の頭たたいて頭数

のように、人が見落としている日常の出来事を独自の角度で捉えて楽しませてくれるのだ。

新松子道道こころ決まりけり

では、一人の時の真面目な顔を垣間見るような気がする。

句集『中略』は〈「今」を生きる〉作者のさまざまな顔を覗かせて飽きさせない。

風花や何を言いかけたんだっけ　　池田澄子

何気なく口を突いて出る言葉・自然体で簡単に出てくる言葉——そんなふうに池田澄子の俳句の言葉を捉えるとしたら、とんでもない誤解だろう。軽やかな口語体、話し言葉の軽妙さに惹か

れてつい真似をしたくもなるが、幾つか作ってみたとしてもそれはすぐに行き詰まる。彼女の文体は単に変化を求めるだけの趣向ではないからだ。追随者を遠く引き離して、池田澄子は一つの典型を作ったのだと思う。日常感覚、繊細な感情を等身大に伝えるものとして。

掲句も例外ではない。言葉は周到に選択されている。中七下五のフレーズは至極ふつうに使われる呟きだけれど、「風花」を眼にした小さな驚きによってこのフレーズは生き生きした手応えに変わる。降りっぱなしの単なる雪や雨では、この一瞬の転換は出てこない。「風花」の微妙さ。ふと時が止まったかのようだ。

些細なことの集積が日常にほかならないが、その折々のかすかなそよぎを表現するのは難しい。切れ字や季語の働きを有効に使うのは俳句の常套だが澄子句では屈折感、落差感がことに大きい。たとえば、

こころ此処に在りて涼しや此処は何処

下五の「此処は何処」でぎょっとする。生きて在ることの居心地の悪さや不安感といった、初期からの主題がこの句にも見える。そしてまた対照的な一句、「籠枕雨の夜更けは雨を聴き」と、諦念といっては言い過ぎだが、少し淋しげな安らぎも作者の日常に組み込まれている。

句座の愉しみ

現在、全国的規模で見回して俳誌はどのくらいあるのだろう。俳句バブルの時代を過ぎ、会員の高齢化などで閉ざしたところもあると聞く。若い人達のインターネット句会のように作品発表の形自体が変化し、イベントに使われたりもして一見賑やかだが、実質を問うべき時期でもあるようだ。それでも、顔をつき合わせての句会を基盤にそれぞれの歴史を紡いできた俳誌が地方の各地域に存続していて、風土の自然や生活を反映しつつ、町おこし・村おこしに貢献したりしている。

この〈顔をつき合わせて〉ということの有形無形の恩恵については、宇多喜代子氏が文章の中でよく触れておられる。その著書『俳句と歩く』にも、句会の先輩同輩の交流によって得たものが単なる知識にとどまらず、その後の俳人宇多喜代子の根っこになっているのを教えられる。『俳句と歩く』の底流にあるのは人の暮らしへの洞察であり、荒廃させてはならぬという警鐘であった。

俳句の季語の多くは、四季の自然が手つかずに存在するのではなく、人の手を加えつつ共生関係にあることを気付かせてくれる。都会に暮らしていると、そういうことにも鈍感になってしまうが、同じ都会でも地方都市になると生産に直結した特色が色濃く残っていたりして、季節ごとの行事やしきたりに先人の知恵が生かされている。町村合併などで特色が薄まってきているようだが、奥深い地域では古くからの民俗伝承を頑固に守ろうという姿勢が見える。この頑固は嬉しい。人口減少の問題を抱えながら、食い止める方向を模索する努力が払われている。そういう地域に昔ながらの句座が続けられていたりする。きちんと俳誌を発行し、作品の向上につとめ、会員相互への目配りも怠らない。

そのような俳誌の一つに「鳥羽谷」がある。福井県若狭から発信。会の名の〈若狭水明会〉から了解されるように、長谷川かな女創刊の「水明」所属誌である。かな女が一時期福井に滞在していた頃からの縁だそうで、「水明」二代目主宰秋子もこの地と濃い繋がりのある人だった。以来、営々と続けられている「鳥羽谷」は季刊にして二〇〇号間近。その中から、

馬酔木咲く皆恨しき木偶ばかり　　宇田白鷺

木偶すなわち操り人形だが、魂を持たない人の形というものはどこか異様である。「恨《うらめ》しき」は人形の本質を言い当てた言葉。戸外には白い馬酔木の花が早春の日を浴びて明るいけれど、その対比が中七以下のフレーズをしんと沈ませて淋しくさせる。

余分なことながら作品の背景についてちょっと一言。掲句の現場は〈若州一滴文庫〉。水上勉

が蔵書を提供し、小説『越前竹人形』の書名となった竹人形の展示と上演の為の小劇場が此処にある。水上勉の故郷に寄せる思いの偲ばれる場所である。白鷺句の「木偶」はこの竹人形を指す。文楽人形のように絢爛精緻な造りとは異なり、まことに素朴な、棒切れに頭や手足をくっつけたような印象の人形だった。演目もおそらくは庶民の貧しさや悲哀に題材をとるものだろうと想像される。そう思って掲句を見直すとき、「恨しき」に一層の重みが増す。

手松明《てたいまつ》の炎被りて送水会　　原田自然

〈送水会〉〈お水送り〉と呼ばれる神事が若狭地方にある。奈良・東大寺の〈お水取り〉に若狭から清水を送るとされるもので、遠く神話の時代の神様同士の約束なのだそうだ。三月二日の夜、若狭神宮寺から僧侶、山伏そして参拝客が手に手に松明を持って遠敷川《おにゅう》を遡る。二キロの道のり。「鵜の瀬」と呼ばれる場所で、住職によって竹筒に入った〈お香水〉が川に注がれる。

二、三百人ほどの行列になるのだろうか、一人一人が手にした松明の火の粉はたえず降りかかり、川沿いの道の闇の中を火の帯となって進む。自然氏は行列を先導する山伏さんのお一人である。山伏さんの担ぐ松明は相当に大きい。重さもかなりのものだろう。炎が燃え移らないかと心配になるほどである。「炎被りて」は誇張ではない、実態そのものを淡々と叙している。

熱燗やあら炊きの指ねぶりつつ　　鳥羽和風

一読、なんと美味そうな、と思う。この場に居合わせているかのような臨場感は「ねぶりつつ」の肉感的具体的な言葉によるもの。少々お行儀の悪いこんな仕草は、男同士の酒盛か、はたまた気のおけない仲間との歓談の場だったろうか。それとも仕事を終えてのんびり独酌を楽しんでのことかと、想像が広がる。和風氏は旅館の主《あるじ》。料理の腕前も相当のものらしい。「俎板に萩の風ある乾きかな」は、俎板を乾しながら季節を感じている。

作品鑑賞は書かれた内容のみを対象とするべきだが、作者その人を知って作品世界がより面白くなる場合も多い。親密な間柄の句会のようにそんな鑑賞もたまには。

啓蟄あれや

海表も啓蟄あれや潮赤き　　高橋睦郎

この「海表も啓蟄あれや」には驚いた。掲句は、プランクトンの異常発生で海面に生じた赤潮をいっているのだが、〈啓蟄〉といえば地虫や蛇・蜥蜴の這い出る地中にしか思いが及ばない固定観念を揺さぶられた。なるほどこの季節はものみな生成のとき。自然界の現象は大地にばかり顕著なわけではなかった。それにしても、海中微小生物の増殖という一事を、これも啓蟄の一つかと、ずらして捉える諧謔には意表を突かれる。陸と海と。近いようにみえてこの連想の飛躍は大きい。漁業には大敵の赤潮がまったく別の視点で詠まれていた。

Mitochondrial Eve がわが家祖草霞む

こちらの句にもまた意表を突かれる。作者の関心がさまざまな分野に渡っていることを改めて知らされて興味深い。ミトコンドリアイヴ、事典によると〈現生人類の最も近い共通女系祖先に対する愛称〉とするのが正確な定義らしいのだが、科学的（生物学的というべきか）厳密さを欠くとしても〈人類はたった一人の女性を起源とする〉と大雑把に言われた方がロマンがある。現在の自分に至るまで気の遠くなるような幾世代を越えて遺伝子がつながっているというのは壮大でユーモラスでさえある。「わが家祖」の大仰さにくすりと笑ってしまう。

下五の「草霞む」は作者が意を用いたところだったろうか。〈かすむ〉は、語源として〈微か〉〈仄か〉などの、ほんの少し匂わせるといった意味合いがあるようだ。それなら、上のフレーズには薄絹をかけたような茫洋たる趣が生れる。

高橋睦郎氏の俳句は華麗である。それは、古語・歌語の自在な使用や、言葉の重層性、さらに調べ・リズムへの心配り、などから感じる印象かもしれない。

選ばれた題材は剝き出しのリアルさで表現されるのではなく、一刷毛の水の膜を張ったように印象される。それが表現の普遍性に係わるものなのか、それとも氏の表現に対する節度であるのか興味深く思っている。

今回発表の五十句には次のような作品も。

擂鉢の水澄みにけり寒蜆
三萬頭鯨の道を爐邊語り
年に顏あらば新舊相會釋

広渡敬雄

豆腐屋のラッパ吹きたし春の暮
丸描いて即ち土俵草青む

『間取図』は広渡氏の第三句集。第五十八回角川俳句賞受賞作品も含まれているが、かなりの取捨選択をなさったようだ。残された句も他作品と混じり合って、ひとまとまりの句集の調和を見せている。掲出した二句は近年の作から抽いた。

「豆腐屋のラッパ吹きたし」は微笑ましい。これは絶対に男の子の感性だ。元気な少年もさすがに〈そのラッパ吹かせてよ〉とは言えなかったのだろう。路地に豆腐屋のラッパが響き、紙芝居のおじさんが声を張り上げ——そんな光景を見かけなくなって久しいが、広渡氏はいまでも心残りに思っているのかもしれない。暖かい春の夕方はことに。

後句、遊びは単純であるのがいい。相撲はその最たるもの。何の道具も要らず、地面に円を描くだけでたちまち自称横綱同士の取組みが始まったりする。草青む頃の大気に包まれて子供たちは健やかだ。

両句ともに簡潔明瞭。氏の俳句の言葉は一つ一つが粒立っていて歯切れがよい。イメージがくっきりと伝わってくる。把握に曖昧さがないということなのだろう。このことは風景句の場合にもいえる。たとえば、

　霾生みて霾を走れり雪解川

どう表現するか難しい景だと思うのだが、無駄なく的確に言い取られている。

貝毒の赤旗立てる干潟かな　　三村純也

干潟と聞けば条件反射のように潮干狩の愉しさを思い出す。浅蜊や蛤を掘り当てる手応えに、つい大人の方が夢中になって裾の濡れるのも何のそのという光景を見かけるのもしばしば。掲句の「干潟」もそんな場所の一つだった筈なのに何たること、貝毒の発生とは。採取禁止の赤旗ばかりが干潟にひるがえる。

おそらく実景だったろう。事実の面白さ。三村氏の作風は「惜春の歩を古墳まで伸ばしたる」のように柔かい情感を含むものが多いと感じていたが、前掲句の直截さに目を瞠った。

彼岸来る何処にもゐない人のため　　保坂リエ

墓に供える花も線香も、生きている者の心尽くしではあるのだが、死んだ人は無そのものだ。アイロニカルに言いながら実は淋しい。

陰陽の岩

山並のあをくしづかに袋掛　　大木あまり

山々に囲まれた盆地のような場所を思い浮かべる。山並を常に眼にしながら暮らす土地。この季節、果樹園では袋掛の作業が始まり、眼を上げれば遠く連なる山容は静かな佇いを見せている。遠景と近景との美しい調和。「あをく」の語を入れるところに大木氏特有の色彩感覚を思わせつつ、風景の捉え方にいつもとは違った趣が感じられた。どうといわれると難しいのだが、たとえば次の句、

町空の雲の往き来やソーダ水

火星近づく朴の木は花かかげ

前句では雲の動きとプチプチ弾けるソーダ水、そして後句では天体の変化と開花する朴、といった動的な着目が一句をなしている。大木氏らしいと印象してきたのはこの方向の作品だった。それに比べると前掲「山並」の句は静的な把握といえるだろうか。

動的ということと関連して、反発し合いそうな材料が新しい展開でまとめられている場合も多い。

鳶去つて一番星やバルコニー

地下室に団子虫ゐて雷雨かな

分裂しそうなそれぞれの素材を、作者の感性が手触りのある一つの世界に作りあげている。いや、作るという意識はないに違いない。出来合いの情趣で言葉を選ばない結果なのだろう。

同時掲載には次のような句も。

声殺し猫よ八月十五日

山々に不意の日射しや墓詣

波たちて藻のいろかはる厄日かな

陰陽の岩ある山の旱かな　　茨木和生

自然が作った岩石に男女を象徴する陰陽の形を認めて祀るというのはどのくらい古くからなのだろう。生命の源をなすとの思想があったからだろうが、おおらかな土俗の信仰が息づいて現在にも伝わっているのは豊かな気分に誘われる。茨木氏の描く風土には実感がある。「旱」が一句を引き緊めて簡潔。

歩きたき峠いくつも時鳥

山歩きをよくなさるらしい作者に、既知未知の歩きたい峠はまだまだ多いようだ。はればれと声を響かせる時鳥の鳴く音に誘われて。

磐座は風に老いゆく黒揚羽　　井上弘美

磐座《いわくら》は神が降臨・鎮座する所。前出茨木氏の〈陰陽の岩〉もそうだったが、岩石に霊妙な力が宿ると感じた古代人の心性は、自然への畏怖の念に基くものだったろう。原始的祭祀のまぼろしが、このとき作者の脳裡を掠めたかもしれない。長い時を経て、磐座はすでに一個の風化した岩の姿をとどめているのみ。不意に現われた黒揚羽は、遊離した魂のようにも眺められはしなかったろうか。

春寒の灯を消す思ってます思ってます　　池田澄子

二〇一一年三月十一日の東日本大震災から間もなく、この句は書かれている。句集『思ってます』のあとがきには〈思いは何の役にも立たなかった〉と、苦しい言葉が綴られる。

何が起こったか、事実を説明する言葉は一切省かれて作者のひたすらな思い、感情だけが五七五音に満ちる。時と場を共有する者でなければ、作品の生まれた契機や本来意味する内容は分からない。それを承知の上でこのように詠まれた。池田氏自身、以前に書かれた文章で、この句が、恋愛の切ない心情として読まれても差し支えないと記していた。解釈の多様性を引き寄せる最短詩型の宿命への肯定。そしてその俳句性をこそ武器にしてきたであろう池田氏の覚悟であったかもしれない。

事実がどのように表現に反映するかについて、もう二十年以上も前に書かれた歌人・岡井隆氏の〈機会詩〉に触れた文章がある。短歌と俳句ははっきり違う性格のものだが、その違いを考える上でも示唆的な文章だった。短歌における〈機会詩〉の概念をここで詳細に紹介することは出来ない。時代による変容もあって、ことは複雑多岐にわたる。短歌について述べられているのだからもとより俳句にそのまま当てはめたりは出来ないのだが、文中に示された「現実から暗示をうけ、現実を基礎としている」（ゲーテの言葉）に、立ちどまった。

俳句は、現実＝事実を基礎としていても表現に置き換える際の抽象度が高いものだと思っている。表現のリアルとは別の問題である。時事に題材をとった場合、事実と表現の綱引には作者の個性が強く表れるようだ。

前出池田句にしても現実から発している。そして選ばれた表現は、理由となる事実を切り落とした。事象と同一時空にある（と自分だけが知っている）姿を示した後、日常会話体の十二音が続く。傍観者の言葉ではなく、というのが氏の表現の誠実さだったのだろう。

夢よ鷗よ

枯野擦る鵟《のすり》の如くマッチ擦る　　正木ゆう子

ノスリは鷹の一種。夏は山地の林で繁殖し、冬に農耕地や草原などの低地に降りてくる漂鳥でカラスくらいの大きさ。大型の鷹が他の野鳥類を捕獲するのに対して、ノスリは鼠や土竜を狙う、と聞くと、〈鷹〉に抱く神々しいイメージが薄れて卑近な印象が増す。「マッチ」という日常の具に無理なく結びつくのは、その所為《せい》だったろうか。とはいえ猛々しい敏捷さに変わりはない。乾ききった枯野が火気を帯びるような一直線の勢いである。マッチの火を擦る行為にノスリが乗り移るような一体感は正木氏独特の感性。

一方、見る側の視線で終始した次の句、

秋の蜘蛛おどろきやすく網震ふ

は、「秋の」蜘蛛である必然がさりげなく言いとめられていて確か。

夏神楽うしろの山も動き出す

高野ムツオ

各地の神社で奏される神楽の演目は多い。勇壮なものからユーモラスな笑いを誘うものまであって、時にエロチックな所作も混じるとなれば、奉納された神様もさぞご満悦だろう。神域の後方にそびえる山も身を揺るがすかのようだ。この「うしろの山」はご神体であったかもしれない。山が見えているのなら夜神楽ではなく日中に行なわれているのだろう。眼に沁みるような樹木の緑の中、開放感溢れる大柄な一句。

今回、掲句を含む七句に加えて遠野への旅の随想が添えられていた。主に遠野の蓮台野《でんでらの》についての記述である。棄老伝説は各地にあるが蓮台野もその一つ。文章を要約すると、捨てられた老人達はそのまますぐに餓死するのではなく、日中は里に下りて農作業をし、僅かな食料を得て老人同士寄り添って暮らしながら死期を待つ。小屋を出るのを〈墓発ち〉、小屋に帰るのを〈墓帰り〉という——と記されていた。そして次の句、

肉喰えば我も魑魅や夏の果

前《さき》の文章を微妙に響かせて読みたくなる。「肉」とは生き物を殺して得るもの。それを喰うのは罪深いことではないのか。人面鬼身の魑魅と化すまぼろし。この「肉」が人肉でであるかのような一瞬の錯覚。白日夢のように。

夢よ鷗よ一人といふは黴易し

今瀬剛一

孤独が寂しいといっている訳ではない。己れ一人であることがもたらす精神の沈滞、これこそを怖れる。他者の存在はときに疎ましくもあるが、活気や変化を与えられるのも事実なのだから。そうはいっても齢を重ねれば望むと望まないとに係わらず、一人の時間が多くなってくる。若い頃とは違う。

「夢よ鷗よ」は、青年期に抱いた未知の未来への期待感そのもの。憧れにも似たその記憶がふと甦る。

麦秋の土蔵を壊す土けむり　　桑原三郎

明るい初夏の昼。周辺には黄色く実った麦畑が広がっているのだったろう。古びた土蔵はそちこち崩れが見えてついに解体ということになったらしい。盛大にあがる土けむりが景色をかすませんばかり。そこで、収穫した麦を貯蔵する蔵ではないのかというのは余計な詮索。晴天の乾いた空気と土埃の匂いを感じればそれで十分。

夕立のしづくの残る脚立かな

不意の夕立に、脚立は置き去りにされたらしい。呆気なく雨が上がって日が射しはじめた。生色を取り戻した木々の中、脚立もまだ雨雫を滴《したた》らせている。一降りの後の、涼しい空気。具体的で鮮明な景である。

桃咲けり落人部落は鶏飼はず

澤　好摩

戦に敗れ追手の眼を逃れて山深く隠れ棲んだといわれる落人部落。伝説が諸々に残されて、それぞれの土地の言い伝えには哀れを誘うものが多い。「鶏飼はず」は、そんな由来の一つなのだろう。甲高く響く鶏声によって隠れ里が見付かってしまわぬ用心のため、あるいは既にそのような結果を招いてしまったがためのタブーが今に伝えられて、現在もこの村では鶏を飼わない習慣が続けられている。旅人として訪れたとき、季節は春。桃が咲いて、一村は桃源郷の趣。昔語りもどこか長閑に聞かれたことだろう。

大山と高さくらべや稲架掛けて

大谷弘至

大山は伯耆《ほうき》富士。中国地方一の高峰である。その麓で、いましも稲掛けの真っ最中。高々と組まれた稲架によく実った稲束が積み上っていく。今年の米の出来は良いのだろう。「高さくらべ」とは勇ましい。豊の秋。

この国

馬追や本移さねば本の山
書きかけて文字の出てこぬ鉦叩
鈴虫や寝るころほひの早くなり

鷹羽狩行

虫の音三態。この鳴虫に対置されたフレーズは、それぞれがぴったり呼応して入れ換えがきかない。鳴く音のリズムを思い浮かべればそれがよく分かる。

鷹羽氏の鋭敏な感性は、よく知られた初期の〈摩天楼より新緑がパセリほど〉〈一対《いっつい》か一対一か枯野人〉などの空間的、視覚的な把握の鮮やかさによって喧伝されてきた。その衝撃力のゆえに機知の面をことさら取り上げられもしてきた。だが機知とは〈もの〉の実態を本質的に摑む直感の素早さがなくては出てこない。氏はすぐれた感性の持続と、その幅を広げる努力を怠らなかったのだろう。長きに渡って秀句を生んできたことがそれを証している。掲出三句は氏が視覚だけでなく聴覚の人でもあることを思わせる。

見えてゐる月へ一二歩すすみけり

佳い月だったのだろう。とはいえ歩を進めたからといって、月が近づく訳はない。思わず、という無意識の動作。「見えてゐる」は一見、無駄な言葉のようだけれど、既に存在している月、との意を強めて、思わず近寄る行為の無意味さを強調する。さりげなく言葉を働かせながら、巧みさを包んだ語。

一遍のこころに拾ふ落し文
山霞み谺は己を忘じをり

齋藤愼爾

齋藤氏の表現の言葉は、日常茶飯の現実をいかに濾過して抽象へ引き上げるか腐心の果てに選ばれているようにみえる。普遍への志向とそれは無縁ではないのだろう。だからといって、生きて直面している現実が忘れられているのではない。現代という時代を生きている痛みは句集全篇に通底し、時事に関連した作も詠まれている。あらわに伝えようとはしないだけだ。その中で、

世に関わり目を濁らせる秋の暮

は、日常の現実にふと洩らした吐息を思わせる。

前出二句は句集『陸沈』の中でもかろやかに感じられる作を抽いた。前句の「一遍」は、ただ一度、の意を含みつつ、捨聖と呼ばれた一遍上人の心を以《もっ》て、と受けとってよいのだろう。自著を焼き捨て、教学を残さなかった宗教者の面影を浮かべたのは一切放下のすがしさに惹かれた故

か。「落し文」が心憎い。後句では、谺がすでに谺であることを忘れたという。反響を還すべき山は茫洋と霞につつまれて。安らか、そうかもしれない。

揚げ舟の淦の栓抜く西日中　　棚山波朗

説明の要なく、一句の場面が緊密に表現されている。「淦《あか》」は船底に溜まった水。漁を終えた後、明日のために船の手入れをしておく。海を相手の労働に潮灼けした体軀が、西日の中に浮かびあがる。一日の仕事がこれで完了するのだろう。夕方とはいえ、まだ照りつける日射しを受けながらほっと息をつく。

この国がどうならうとも西瓜切る　　大牧　広

大牧氏は昭和六年生れ。戦前・戦後の混迷の中で少、青年期を過ごしている。その記憶は、社会に係わる姿勢を一市井人としての立場で貫く態度を培った。

掲出句の「この国がどうならうとも」は、一読、投げやりの破れかぶれにみえる。だがここには、国の行く末への暗澹たる思いが滲む。個人の力では如何ともしがたい巨大な時勢の流れ。そのことへの無力感と憤り。そして大牧氏の真骨頂は「西瓜切る」と、庶民の日常の生活を以て対峙するところにある。日々の暮らしへの信頼。〈平和な秋の白い雲、そよぐ芒や木々の葉擦れの音などに誠実に耳目を働かせ〉る。それを忘れるな、そうありたいという願いが、氏の俳句の原動力だった。

その批評精神は諧謔精神でもある。齢を重ねてきた自分自身にも諧謔の眼は向けられて、

松過ぎてはや偏屈のもどりけり

との作にもなる。「偏屈」とは正しいことを正しいといえる強靭さにほかならない。

日盛の扉の向かう扉あり　　和田耕三郎

炎暑の舗道は白熱した光を放つようで視界を閉ざされる心地がする。その照り返しを受けながら扉を押し開くと再び扉が立ちはだかる。一瞬の違和感。無意味の世界に紛れこんだ気分に襲われなかったろうか。「『月光』旅館／開けても開けてもドアがある　高柳重信」を連想するが、これは「『月光』旅館」を道具立てに使った異界のまぼろし。和田句は「日盛」の語の効果を働かせながら、日常の一断片としての景。

戴きます

老人は家にひつそり日の盛り　　深見けん二

年々、夏の暑さが尋常でなくなってきている。ニュースは連日、熱中症を報じて、水分摂取を連呼するありさま。昔に比べて気温が高くなっているのも事実だろうが、暑さの質も違ってきたように感じられる。

体力の衰えている老人は出歩いたりしない方が、まあまあ無事であろうよと呟いているような一句。「家にひつそり」のフレーズが屋内の静かな薄暗さを想像させて、白熱の炎昼との対比が鮮やか。

三橋敏雄の〈あの家の中は老女や春げしき〉を、ふと連想するが、深見句はこの三橋句の鋭さを抑えて、季語の側によりいっそう膚接している。

としよりの日や屋上に船眺め

こちらは敬老の日。大きなお世話といいたいような記念日であるせいか、諧謔的に捉えた句をよく見かけるが、ここでは淡々とたまたまその日であったというように詠まれている。作者を知らずとも一句の主人公が老齢の人であろうと了解させる語の働き。敬老行事のあれこれから遠く隔たって、海をはるかに眺めている。一隻二隻と船影を眼にとどめながらの静かな心持。

もみぢもみぢと今日も命を減らすかな　今瀬剛一

春は桜、秋は紅葉と浮き立つのは詩歌に培われてきた日本人の心性だろうか。楓紅葉、銀杏黄葉、もしくは全山まるごとの一大景観。盛りの時期は案外短い。噂を聞いて行ってみるとあらかた散っていたということもしばしば。あちらこちらと心を騒がせて日を過ごしたが、気がつけば今日という一日は寿命の一日。〈一期《ご》は夢よただ狂《くる》へ〉という詩句がどこかにあったけれど、その気分に通じるような一句。「もみぢもみぢ」から急転直下、「命を減らす」への転換が今瀬氏独特の諧謔。

茄子の色して茄子の花咲きにけり
平凡な野菜の一つにも造化の不思議がある。心を留めて見なければ自然もまたその心を開かないのだろう。花のうちから既に茄子の特色を表している。命の色。

風どつと一村を吹く鳥威し
葉月潮幼な子乳の香にまみれ　井上康明

井上氏は叙景句のよき伝統を受け継いでいるお一人。昨今のように、意味や事柄に終始した句を多く眼にしていると、風景を深く味わう喜びを忘れてしまいそうだが、氏の清潔な詩情はそれを思い出させてくれる。

「鳥威し」は田畑の稔りを荒らしに来る鳥を防ぐための仕掛け。鳴子や威し銃もその一種になるが、よく見かけるのはビニールや布片を縄や棒に結びつけたもの。稲田にひらひらとひるがえっている景色は印象深い。農業で生活する集落なのだろう。収穫を間近に控えた頃。秋の強風が田畑を吹き抜けて鳥威しを揺らす。布片がちぎれんばかりになびく光景と同時に、ここでは風音に加えて鳥威しがはためく音（というより、むしろ鳴子のカラカラという音）を感じたくなる。

後句は秋の大潮のとき。迫《せ》り上る潮に膨らむ海を背景にして幼児は健やか。母乳をたっぷり飲んでまるまると太った手足。「葉月潮」との対照が実に好もしい。

明日からは秋風通ふ鵜籠かな　　渡辺純枝

鵜飼の句といえば「面白うてやがて悲しき鵜舟哉　芭蕉」をすぐ思い出す。歳時記では、鵜匠・鵜篝・鵜縄などの季題を使って、鵜飼最中の情景を詠んだものが多い。渡辺句では趣を違えて、終わった後に思いを馳せている。「鵜籠」は鵜を入れて運ぶ竹籠だが、それも明日からは用済みとなって仕舞われる。空っぽの鵜籠には秋風が通うばかり、とした着目は芭蕉句の〈哀れ〉

を別の側面から言い取った。句中には存在しない鵜が、そこはかとなく淋しく感じられてくる。一年の一時期をよく働いてくれた鵜。

どの草のひかりと知れず昼寝覚　　正木ゆう子

ひとときの眠りの後、まだ夢の尾を曳いているような半醒半睡の感覚の中にいる。自分は何処にいるのだろう。眩しくてまだ閉じている瞼に透けてくる明るさは草々のそよぎのようで、ひょっとすると自分はいま、野に目覚めるしなやかな獣であるのかもしれない。そんな幻想を納得したくなる「草のひかり」の語の美しさ。

こういう感性は、初期の「万緑の森に入る目をガラスにして」に、遠く通じるものだろう。

戴きますごちそうさま秋澄めりけり　　鈴木節子

生活の節目節目に挨拶の言葉がある。食事の場もその一つ。一人で食卓に向かうときも挨拶を欠かさないのは折目正しく日常を過ごす姿。すがすがしく澄んだ季節。

秀句の風景

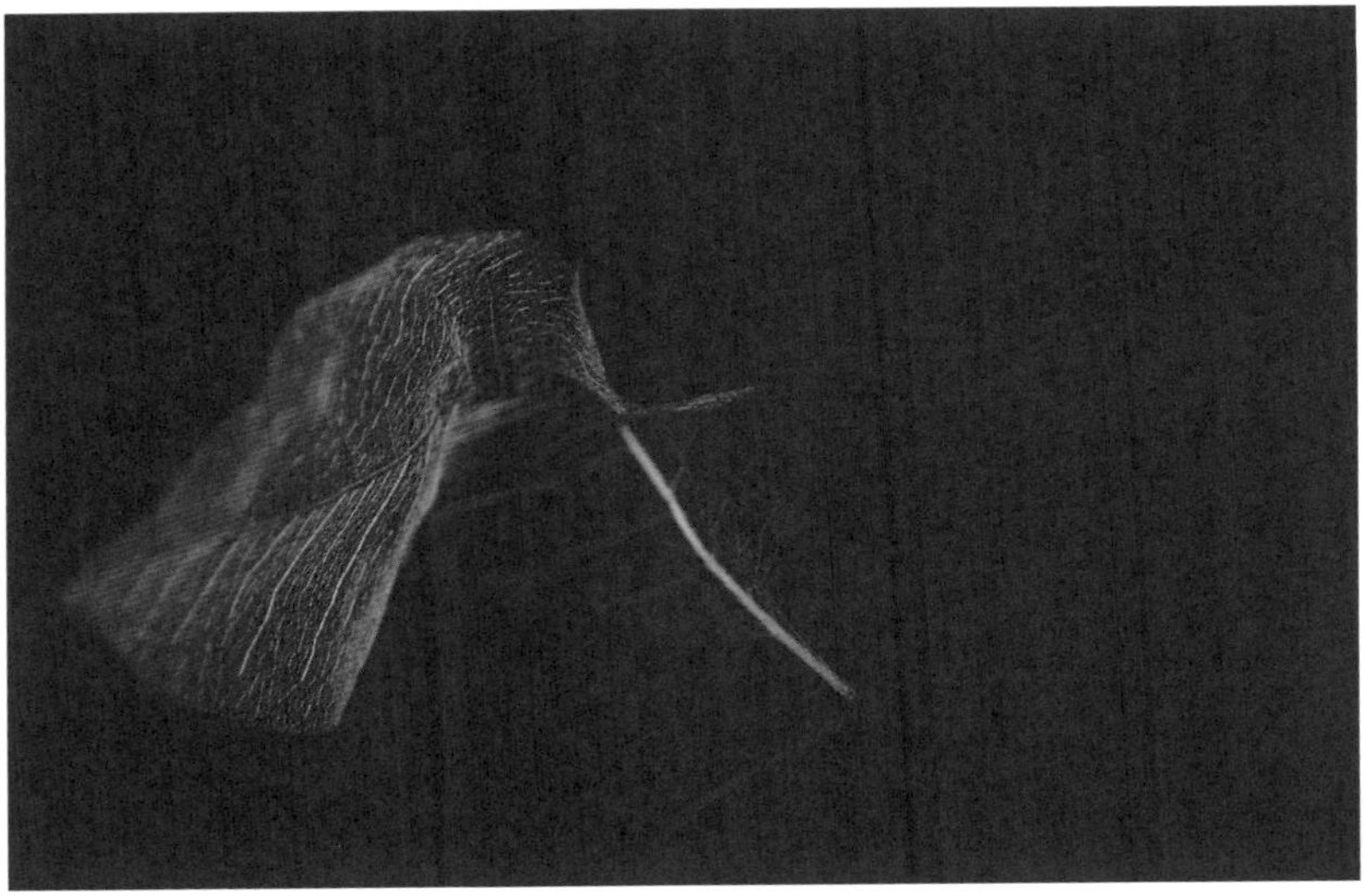

送火や母が心に幾仏

高浜虚子

いま、都会暮しの若い世代の何割が盆の行事をしているだろう。マンションの玄関先で門火を焚くわけにもいかないし、燈籠や供物を流すべき川は暗渠というありさまでは、その気があっても環境がそれをゆるさない。精霊棚の一切合財がビニール袋に括られてゴミの日に出されていたのを目にして、索漠たる思いがした。普段の生活の厚みが文化を健全に支えていくとすれば、合理的すぎる現在の生活は少しずつ何かを取りこぼしているような気がする。

戦後まもなく、私の子供のころにはまだ、日常の折ふしにいろいろな行事やら取り決めが生きていた。なかでも孟蘭盆会については印象が強い。

その数日間、家の中にはいつもと違う空気が漂う。苧殻を燃やしての迎え火に始まって、精霊棚の供え物や盆提燈など、子供にとっては物珍しく、浮きたつような心持で過ごしたものだった。死者の霊を迎える行事に、にぎやかというのも変な話だが、家内の女たちにしてもわが家のご先祖様ということで、親密な感じが濃いのだろう。供養のあれこれに心を遣いながら、結構愉しそうに見えた。そんな幾日かが過ぎて、いよいよ祖霊をお帰しする日には名残を惜しんで、なるべく夜も更けたころ送り火を焚く。それをするのはわが家では祖母の役だったが、老人であることは、あの世の者とこの世の者をつなぐのにいかにもふさわしかった。

虚子句からは、そういう夜の匂い、気分が鮮やかによみがえる。送り火の炎がときおり燃えたっては老いた母の顔を照らす。とうに死んだ両親や、先立った連れ合いに話しかけているのだろう、口の中でしきりに何か呟いているようだ。

虚子を好きだと思うのはこういう句があるからだ。男性が母を見る眼差しはさまざまだが、この句、日常の母を日常のままの自然さで眺めていてあたたかい。

虚子の母は高齢で末子の虚子を産んでいる。幼い彼が物におびえると「怖いものには近よるな」と、文字どおり懐に入れるようにして可愛がったらしい。虚子にとっては、この母が世界を形づくったのだろう。大峯あきら氏は、虚子の原風景ともいうべき

遠山に日の當りたる枯野かな

について、「心の中では常に見る景色である。」(『虚子俳話』)を引用しつつ、「遠山」は母の転身であろう、と述べておられた。

母・柳は明治三十一年、虚子二十四歳のとき亡くなっており、「送火」の句はその後の明治三十九年作となっている。

ねむり蚕にひとつゆらめくかうべあり　　皆吉爽雨

皆吉爽雨の名をこのごろあまり聞くことがない。明治三十五年福井生れ。虚子門。蛇笏賞の第一回受賞者はこの人だった。

旅行先の大阪で何気なく覗いた古書店に、『緑蔭』『遅日』二冊の爽雨句集を見付けた。見返しにそれぞれ記されていた自筆の句が、こなれた柔か味のある筆跡で、旅ごころに似つかわしく、思わず買ってしまったのだった。

帰宅後しばらくして、ぱらぱらめくってみたところ、さほどには思えず、そのまま放っておいた。それが此の頃になって、『緑蔭』を読み返して、初めの印象が改まった。静かに底光りのしてくるような句が多い。こういう作品は、読み手の側が落着いていないと、面白さが味わえないのだろう。そして驚くのは表現の質の高さ。複雑な内容をぴたりと数語で押さえている。これに比べれば、現在の我々はなんと緩い句を作っていることかと恥ずかしくなる。

俳句全集のたぐいを引っくり返して爽雨の項を探してみると、たちどころに、

さら〳〵と又落衣《またおちぎぬ》や土用干

がう〳〵と深雪の底の機屋かな

が目についた。この二句などからは、〈東のたかし西の爽雨〉と称されたというのがよく頷ける。

〈たかし〉とは松本たかし。気品のある句風という共通性によるものだったらしい。

意識しはじめると、歳時記を見てもその名がとびこんでくる。「ねむり蚕」の句が載っていたのは、金子兜太・川崎展宏監修の『鳥獣虫魚歳時記』。いい句を選んでいるなあと感心した。この句が有名なものであるのかどうか知らないが、手許にあるいくつかのアンソロジーには見当らなかった。前出二句が爽雨の作風の主調をなすとすれば、頭掲の句は珍しい部類かもしれない。だが「ホトトギス」における写生が、爽雨の作品にはこのように表れたかと興味深い。

蚕は孵化してから、眠と脱皮を四回くりかえし、五齢を迎えてのち繭づくりに入る。眠というのは脱皮直前の期間だが、このとき、蚕は上体を持ちあげ、反った姿勢のまま静止する。桑の葉を食べる雨のような音が止んで、累累たる白い虫の群は同じ姿でうごかない。「かうべ」は、漢字で書けば首、もしくは頭だが、数えきれない蚕のなかの、たった一つのかすかな揺れに目がとまる。「ゆらめく」とは幻妙、いや、凄みすらある。リアルとはこういうことだろう。

この句についての話の折、桑原三郎氏が「光っているね」と呟かれた。聞き返すと、つまり「ゆらめく」という語は、灯火や炎に使われる語でもある、ということで、私は桑原三郎という俳人が、言葉の重層的なイメージを大事にする人だということ、その感覚の鋭さに、あらためてシャッポを脱いだ。

爽雨の句を見るたび、この時の話を一緒に思い出している。

蚯蚓鳴く六波羅蜜寺しんのやみ

川端茅舎

土地や場所の名が詠まれている俳句には、また違った愉しみがあるもので、知らない所なら想像を巡らすよすがとなるし、知った場所なら作者の経験と自分の経験を重ねてみたりする。知っていることが時には邪魔をする場合もあるが、すぐれた句には力があって、作品の世界によって現実の経験の方が塗り変えられたりする。大抵はそのことに気がついてはいないのだけれど。

六波羅蜜寺は、口から阿弥陀仏を吐いている空也上人像と平清盛坐像のあることで有名だが、京都五条通を入った一角に、ごく普通の住宅と肩を接するようにして建っている。十五、六年ほど前、この五条通に面して、亀をモチーフに器を焼いている工房を訪ねたことがあった。ご主人は留守で、この日は運悪く近くの河井寛次郎記念館も休み。目的がなくなって、ふらりと迷いこんだ路地を突き当たり突き当たりしているうち、左手に現れたお寺の名を見て驚いた。六波羅蜜寺はここにあった。庶民の生活の匂いがしてくるような環境、という点では大津の義仲寺によく似ている。山を背後に控えていない平地にあるということとも関係するのだろう。

京都の夜は暗かった。大通りを間近にして民家が軒を並べるあたりでさえ、夕闇が漂いはじめるとどこも早くから戸を閉ざして、家の奥深くひきこもってしまうのかと思われた。平氏一門が邸宅を構えたというこの地は、いまは寺を残すのみだが、板塀やら小さな垣などに囲われた人家の路地は、夜の闇がおりてしまえば、しんから暗く感じるものだと、この時つくづく身に沁みた。「蚯蚓鳴く」といわれているのは、じつは螻蛄が鳴いているのだそうで、地中からジイとひびく声は周囲の静寂を際だたせる。「しんのやみ」の平仮名表記は字づらの点からいっても、一句を重苦しくしない工夫だったかもしれないが、一音ずつが静けさを引きよせてくるような感触があり、寺名の梵語「波羅蜜」の印象と相俟って不思議な効果をあげている。

川端茅舎は東京日本橋の生まれ。昭和十六年四十三歳で没している。晩年というには若すぎる最後の十年間、脊椎カリエスをはじめとして、〈かからないのは産科婦人科だけ〉といわれるほど病気がちの日常を送ったわけだが、まだ健康で画業を志していたころ、京都にしばらく滞在することがあった。この句は、大正十二年から昭和八年までの作品を収めた『川端茅舎句集』に入っている。

日本画家川端龍子は茅舎の異母兄にあたる。池上本門寺の本堂天井画の龍はその手になるものだが、この本門寺裏に、兄の庇護を受けて居住した茅舎は、死に至るまでの十数年間をここで生活し、

朴散華即ちしれぬ行方かな
石枕してわれ蟬か泣き時雨

の絶唱を遺している。この家も、そして庭前の朴の木もすでに取り払われて、いまは碑が建っているのみという。

藤垂れてこの世のものの老婆佇つ

三橋鷹女

文芸であれ何であれ、およそ修業時代に模倣は欠かせない、と思っている。ことに俳句となれば、作者の経歴に必ずといっていいほど師系の紹介があるくらいで、誰に影響されたかによって、その後の進む方向が想像できるような気さえする。独立した個性に行きつくまでには、〈学ぶ＝真似ぶ〉という、そんな道のりを辿るものなのだろう。

それが、近代女流俳句の幕が開いていくばくもない頃、すでに自分以外の何者でもない作品を書いていた俳人がいる。三橋鷹女。明治三十二年、千葉県成田町（現成田市）生まれ。

一人の俳人における作風というものも、通してみればさまざまな傾向があって、一つに括るには無理があるが、おのずからなる印象は周囲によって決定されていく。鷹女の場合、作品に色濃く流れる主情性、情念、象徴性などの特徴は誰しも指摘するところだった。以後、現在に至るまでの女流俳句を大雑把に区分けしていくと、鷹女に収斂されてしまう一と流れがある。

口語調の駆使においても同断で、今でこそ大胆な口語調俳句にさして驚きはしないが、自覚的に作品に取りこんだ先駆といえよう。

この二つの大きな特徴の一つは上掲句にもあらわれる。生前最後の句集『橅』刊行後、七十二歳で亡くなるまでの一年数箇月の月日のなかで詠まれた句である。「不思議な妖気の漂っている句」とは中村苑子の評だが、ここに佇んでいるのが若い女であるなら、この〈妖気〉は失せるだろう。〈老い〉に至る長い時間を背後に潜《ひそ》めているからこそ、女の業のような怨念めいたものまでが絡みついてくる。「この世のもの」と言ったとたんに、現実を跳び越えて「この世ならぬもの」に化してしまう、逆説的な言葉の働き。そして何より全体の印象を決定づけたのは、「藤咲いて」ではなく「藤垂れて」とした、花の量感によるところが大きい。一句の中で言葉がどのように関係し合うかについて示唆を与えられるが、初期に次のような句がある。

　夏藤やをんなは老ゆる日の下に

植物学的には藤と夏藤は別種だけれど、今そこまで細かくいう必要もないだろう。主題の近似はあきらかであって、しかも単に深みを増したというだけにとどまらぬ、次元の違いがある。三十年余をへだてて、再び現われた同じ主題は、軽いデッサン風のすがたから、象徴的な光を帯びて変貌していた。

一方、口語調の代表的な句として修辞と発想の面から、

　若葉してうるさいッ玄米パン屋さん

　夏痩せて嫌ひなものは嫌ひなり

などをすぐ思い出す。鷹女の日常のことは知らないが、癇癖のつのるあまり、といった様子のこれらの句は彼女の若い頃の写真を連想させる。その眼の表情はムンクの少女像さながらに、世界の向う側へ届こうとしているようだった。いつの場合も彼女の見ていたものは一つだったのかもしれない。

三月といふよき月よ梅をつぐ

高野素十

素十の句についてものを言うことはむずかしい。いや言う必要がないといった方が正しいだろう。

歩み来し人麦踏をはじめけり

たとえばこんな句について、なにか説明をつけ加えたいとは思わない。いきなりものごとの本質を攫みだされたような気がするからだ。山本健吉氏の評に「凝視によって成った俳句」とあるが、そうであっても誰もが同じものを見てこういう見方が出来るわけではなく、ましてぶっきらぼうなほど直截な表現を駆使出来るのは彼のすぐれた才能だろう。

俳句の成る瞬間において、〈どう見たか〉と〈どう描くか〉の関係は即時でありたいが、その幸せな一体化をここに見る。おそらく、そんな意識のすべりこむ余地もなく成ったのではなかったか。本質というのは一見馬鹿らしく単純な、何でもない姿をしているものだと思わせられる。現代は本質の見えにくい時代であって、このような図太い句はなかなか作れないのかもしれない。

ともあれ彼自身は虚子の教えに従って〈写生〉に徹したと、折にふれ述懐している。現在にいたるまで〈写生〉の語は、諸家それぞれが使うたびにどこかしら輪郭が曖昧にぼやけて、意味が拡散していくようなもどかしさを覚えることがしばしばだけれど、素十の句を指し示せば事足り

る気さえする。ほかにも、

づかづかと来て踊子にささやける

大榾をかへせば裏は一面火

など、ありふれた実景のどこを切りとるか、同時にどこを捨てるか、俳句という詩型の特質を語る好例だろう。

そんな素十俳句の特徴的性格とは別に、一方で、この作者にはふっくらとした優しい句もあって心惹かれる。

掲出句の書かれた短冊がいま私の手許にある。句柄から推して後期の作だろうかと思いつつ、『素十全集』を繰ってみたが見当たらなかった。

「つぐ」とは「接ぐ」で、接木《つぎき》のこと。果樹などを改良し、結実をよくするという。高野素十は茨城県の農家の生れ。子供のころは草木に親しむ生活があったかと想像される。勉学に優秀だったのだろう、十二歳で新潟県長岡中学入学以後、一高、帝大を経て法医学の道に進んだ。その勤務の合間だったか、または退官後のゆとりの中でか、彼自身が梅の接木をこころみたものでもあったろうか。

接木は多く三月ごろ、まだ芽の活動が始まらぬうちに行う。ういういしい梅の接穂に手を添えながら、馥郁たる季節の息吹きを吸いこんで、ああ春だ、よい季節になったと呟く声が聞こえてきそうだ。さらに、彼の誕生日が三月三日であることを思い合わせると、祝福の喜びに満ちたこの句がいっそう匂いやかな光を増してくる。

筍や雨粒ひとつふたつ百

藤田湘子

毎年、桜と足並みを揃えるようにして筍が店頭に出始める。ほかの土地ではどうだろうか。私の住んでいる埼玉あたりでは、ちょうどお花見弁当に間に合うような具合に、まず九州産の筍がトップを切る。それからしだいに北上して地場ものに移ってくるのだが、食べものとしての魅力はひとまずおいて、この季節いつも思い出すのが藤田湘子の、

筍や雨粒ひとつふたつ百

『狩人』所収、作者四十代終り頃の作である。

雁ゆきてまた夕空をしたたらす

に代表される抒情的な風景句によって出発した湘子が石田波郷の生活句に傾倒したのは、師秋櫻子の「馬酔木」調の句柄を抜けて自分の句を確立していく過程として興味深いが、掲句は後に独立して「鷹」を主宰、十年余を経た時期の作品である。

曇り空からぽつりぽつり落ちてきたな、と思う間もなく沛然と降りだす雨の勢い。これを読むとき、「ひとつふたつ」の次に一瞬息を止める間合いがあって、「百」と言い放つ。このスピードの転換のなんという爽快さ。いまとりあえず、〈曇り空〉と言ってみたけれど、実は一句の中に辺りの状況を示す言葉はいっさい無い。見えているものは雨脚の速さ、それだけである。そして

雨の速度を呼び出しつつ、ずっしり坐る季語が「筍」。

ここに見られるような把握のしかたは、写生ということとはすこし違う。むしろ誇張に近い。湘子自身は省略の恩恵と感じていたらしい。

「自作ノート」には、筍という季語のもつ現実性の強さ、そこを思いきって省いて跳び越したらこういう形になったという意味のことが書かれている。間違っても〈写生〉ではない。〈写生〉には、どこか精神を空白にしなければうまく摑まえられないものがある。湘子の感覚の鋭敏さや体質的なロマンティシズムは、そのような空白状態にほど遠いものだ。俳句の技法に厳しかった彼にとっては、省略などとうから実践していたことであるに違いないが、自覚的に使い出したのがいつごろだったか考えてみるのは刺激的だ。波郷の影響を脱した時期と重なるように思うからである。

湘子は明晰すぎるほど明晰な言葉の人だが、そんなふうにして書かれる作品が、事柄の次元を跳び越えて普遍や象徴といったものを獲得する為には大きな力が要る。その一つのありかたに、省略ということもあったのだろう。加えて、切れをかかえる取り合せの鮮やかさもこの作者の身上である。「筍」の句は、そのいずれをも備えるものだった。

ところで、私の手許に気になる一冊がある。『朴下集』。知人が古書店で手に入れたものだが、そこにびっしり書きこまれた鉛筆書きのメモが作者でなければ書けない内容なのだ。自句自解用の下書きかと推測したが、それによると「筍」の一句成立の場は百草園裏の竹藪となっている。さては湘子氏の自筆かと胸ときめいたが、その後、お弟子さんの勉強用テキストと判明した。

水打てばふはととびつく地のほてり　中村汀女

大正二年、虚子が「ホトトギス」に設けた「婦人十句集」は以後、多くの女流を輩出した。今になってみれば「女流」の限定が奇異に思えるほど、多岐にわたる展開を見せてきた女性たちの俳句は、初期における虚子の意図はどうあれ、というより虚子の意図を越えて現在に至っている。「女でなければ味はえぬ心持」「女でなければ実験の出来ぬ事柄」というのは、女流俳句に与えた虚子の評の一例だが、この時代、女性たちの生活の多くは、この評に見合う程度の狭い範囲に限られていたということでもあったろう。おおかたが芸術などとは思わず、芸ごととしての意識に近かったことだろうが、そのような環境は環境として、なおゆたかに感性を花ひらかせていった一人に中村汀女がある。

芸ごととしての意識といったのは、汀女自身による年譜を辿ったときの印象も大きい。それによると、官吏である夫の転任に伴い、各地を転々としたわけだが、家族の状況とともに夫の職名までがそのつど記載されている。いってみれば、ほとんど個人的な家庭の記録といった趣なのだ。これは当時でもかなりめずらしいのではあるまいか。〈芸術家〉にはこんな年譜は書けない。いつの場合にも一家庭婦人としての立場が優先した。

置かれた環境を制約と捉えるか、豊かに生かすかは資質にもよることで、彼女の場合は後者にあたる。その作品には日常生活のキラリと光る一瞬が言いとめられる。

ゆで玉子むけばかがやく花曇

外にも出よ触るるばかりに春の月

稲妻のゆたかなる夜も寝べきころ

よく知られたこれらの句をあげてみて気がついたのだが、汀女のすぐれた作品には光を感じさせるものが多くある。〈キラリと光る一瞬〉というのは比喩としてだけではなく、その感性が充分に発揮されるときそこに〈光〉が介在するかのようだ。〈光〉の延長上に〈白〉をも加えるなら、相当の数にのぼるだろう。特定の素材に対する偏愛は誰しも多かれ少なかれありそうだが、作者の特質と結びつくものとして興味深い。〈光〉や〈白〉からは鋭さや潔癖さをイメージしやすいけれど、汀女の俳句からは潑剌とした感受の喜びが伝わってくる。

この感受の鋭敏さが汀女の身上であり、上掲句にもそれは顕著にあらわれている。――一日の炎暑を吸った大地の熱気。打水の瞬間、むっと埃くさい空気が舞いあがる。日常の一断面を示しての、その感覚と言葉の選択の確かさ。

「台所俳句」の蔑称は男性側からの批難として、汀女をはじめとする女流に投げられたが、蕪雑に過ぎていく日々の暮しを詩に高めることこそむずかしい。日常を大切に、などと言うのは容易《たやす》いが、些事の一つ一つに心を尽くしていては身がもたない。だがそれでも、生活のなかから詩の香気を汲みあげていったのが汀女だった。

竹馬やいろはにほへとちりぐに

久保田万太郎

久保田万太郎が生まれたのは明治二十二年、日清戦争勃発に先立つ五年前になる。維新後、江戸の町は東京と名前を変えたが、この当時庶民の暮らしにはまだ江戸のなごりが色濃く残っていた――というのは、東京日日新聞の記者でもあった岡本綺堂の文章からの受け売りで、彼によれば、大正十二年の関東大震災で旧東京の姿が根こそぎ失われてしまうまでは、日常の風俗習慣などに江戸の風情が生きていたという。

岡本綺堂といっても、ある年代以上でないとなじみのない名前かもしれない。戯曲『修禅寺物語』の作者として知られているが、その小説や随筆などには消えてゆく旧き佳き東京の面影がいきいきと描かれ、懐旧の情がにじんでいる。彼と同年生まれの樋口一葉が吉原界隈を背景とした『たけくらべ』の筆を執ったのは明治二十八年。ついでにいえばラフカディオ・ハーン、のちの小泉八雲が『知られぬ日本の面影』で、明治期日本人の心性を探ってみせたのは同二十七年だった。

綺堂や一葉が描いたのは、西欧風近代化を押し進めた時代の波のはざまで浮き沈みしていった庶民の生活であり、根底に喪失感と哀惜の思いを湛えていた。

万太郎が子供時代を過ごし、その文学に大きな影響を与えた東京とはこのような時代の中にあった。

句集『道芝』に序文を寄せた芥川龍之介は、万太郎の句の抒情性を指摘し、東京の生んだ〈嘆かひ〉の句であるとも言っている。その芥川自身には「木がらしや東京の日のありどころ」があり、本歌として蕪村の

几巾《いかのぼり》きのふの空のありどころ

を思い出すが、この本歌取りの成功は「きのふの空」の追憶の情を「東京の日」に重ねて、一句の奥行きを増している点だったろう。

横道にそれたが、蕪村についてはほかに「懐旧」の前書を記した

遅き日のつもりて遠きむかしかな

がよく知られており、この蕪村句の醸しだす郷愁はさきの万太郎句に通じている。

「今し方まで竹馬に乗って遊んでいた子供たちが、夕べとともに一人去り二人去りしてちりぢりになってしまったという、暮早い冬の日の、陋巷の一風景」という安住敦の鑑賞にさらに付け加えるなら、この眼前の一情景が同時に過ぎ去った過去の日々への追懐となっているところに万太郎の言葉の技を思わせられる。「いろはにほへと」の語は、一緒に手習いをした幼友達やその頃のあれこれを呼び覚まし、それら昔の仲間達がすでに「ちりぢり」になって何処へ行ってしまったことか、と読ませていく言葉の多重なはたらき。

表現の粗雑さを厭った彼の俳句にはいずれもやわらかな調べが添い、その中に細やかな感情の襞が刻まれていた。

箱庭とまことの庭と暮れゆきぬ

松本たかし

松本たかしの俳句は第一句集においてすでに高い完成を示している。一般に代表句として取りあげられる多くが、第一句集に集中しているのも無理はない。遺句集となった最後の『火明』にいたるまで、その基本的な印象は変わらない。

松本たかしに惹かれたのは、まず〈定型〉の美しさからだった。彼が能役者の家に生まれ、その道を志しながら病のために断念せざるを得なかったのはよく知られた話である。能をはじめとして日本の芸能には様式、型との結びつきが密接だが、幼時からこのような環境の中にあった彼が、言語表現である俳句においても型の美しさを備えていたというのは暗示的ですらある。

静かなる自在の揺れや十三夜

とつぷりと後ろ暮れゐし焚火かな

玉の如き小春日和を授かりし

などからは十七音定型がすぐれて生かされた醍醐味を味わう。

昭和初年、虚子が〈客観写生〉からさらに〈花鳥諷詠〉を唱導していった頃、四Sに遅れるかたちで出てきた松本たかしと川端茅舎はたがいに〈たかし楽土〉〈茅舎浄土〉と並び称され、ホトトギスを代表する作家だったが、その出発に旧派の影響を受けていた茅舎にしても、ホトトギス一本で来たたかしにしても、その俳句の質は純粋な写生とは異なる点で共通していた。自らを、『美しさ』といふものを愛重しがち」「芸術派的傾向のある」と語ったたかしは俳句に何を見ていたのだったか。

彼が、いわゆる〈芸術派〉の陥りがちな表現の痩せを免れ得たのは、自分の句の領域を冷静に見定める眼があったからだろう。戦争の句を作らなかったのもそこに由来する勁さだった。そしてもう一つ、生の矛盾や混沌をひきうけて作品を成す大切さを分っていたということがある。分っていながら、誰しも自分に与えられた条件を生きるほかはなく、能動的な生活からは遠いという条件をよりよく作品世界に生かしたたかしは〈美しさ〉というものが〈影〉の部分を土壌として花ひらくことを知っていた。そのような彼の俳句に表れている静謐さは、見る眼の深さを感じさせる。

頭掲句、箱庭が庭の一隅に置かれている。昼間、あれこれ工夫を凝らしてひとときを愉しんだのだった。もうすぐ夜の闇が、庭もろともみんな見えなくしてしまうのだろう。いってみればただそれだけが書かれているのだが、ここに、眺めている作者を思うとき、何ともいいがたい心持がしてくる。まるで人生そのものを眺めてでもいるような寂寥感。

昭和三十一年五月、その死の前日訪ねてきた上村占魚に、たかしは床の間の幅を掛け替えたといって示す。斎藤茂吉の短歌「眞かがよふひるの渚にもゆる火の澄みとほるまのいろの寂しさ」がそれだった。たかしの句の世界との何という共通性だったろう。これを眺めていた彼の眼差は、あの箱庭のある庭を眺めた眼差と隔《へだ》たるものではなかった。

ねむい子にそとはかはづのなく月夜

長谷川素逝

長谷川素逝の名をはじめて目にしたのはこの句によってだった。その後、折にふれて句を思い出すことはあっても、素逝その人の名は忘れていた。むしろそのために、この句は古い子守唄のように心の内に棲みついてしまった。

農村の生れではない私にも、ここに広がる田園風景は懐かしく親しいものとして、感じられてくる。知らないはずの風土の景色を懐かしく感じさせるのは、描かれた作品世界そのもののありかたによる。あたたかい春の一夜。気持のよい空気。さっきから眠い目をこすっている子供は身体中が心地よく痺れて、ぼんやりと夢のなかに沈んでいきそうだ。蛙の声と寝息とがもうすぐ一つに溶けていく。こんなに美しい月明りを確かに知っていると思えるのは、「ねむい」という語の魔力だったろうか。

一読、いましも眠りに落ちようとしているのが、まるで自分自身であるかのようで、しかも違っているのは「ねむい子」ならぬ作者に、外の月明りがはっきりと見えている点だった。こう言ってしまうと家の内と外とはまるで別々のことのようだが、この二つは分ちがたく一つの世界を形作っている。たとえば、三好達治の有名な詩、

太郎を眠らせ、太郎の屋根に雪ふりつむ。

次郎を眠らせ、次郎の屋根に雪ふりつむ。

ここでも同じことが言えそうだ。

外界は、素逝の句では〈蛙の鳴く月夜〉、達治の詩では〈屋根にふりつむ雪〉。そして両作品とも、内と外とはやわらかく溶けあって一つの大きな〈自然〉として再構成されている。自然との幸福な一体感がここにはある。これは、自然を客観的、対立的には捉えない日本人独特の自然観によるものか。もちろん、自然には穏やかとばかりはいえぬ側面があるのだが、この時期の素逝とすればその安らかさの側に身を委ねたかったかもしれない。

彼は昭和十二年日中戦争勃発に際して応召、翌十三年には病を得て帰還。この時の胸部疾患が原因で二十一年には没している。

その抒情的な資質から推しても、戦争は身体のみならず心をも痛めつけたのだろう。帰還後の作品には、草木を代表とする大地の自然、そしてそれに連なるものとしての農村風景がひたすら描かれる。彼の目にはそれらすべてが好ましい風景として薄日の陰翳をもって眺められたに違いない。この〈風景〉への愛着は彼の死まで続くが、事実上の最終句集『暦日』では〈自然がそのものの姿でただそこにある〉とでもいいたい、沈潜した句が見受けられる。自然への眼差の変化を感じさせられるが、早すぎた死によってその完成を見ることはなく終った。

素逝の名を高からしめた戦地詠『砲車』一巻は当時高い評価を受けたが、死の直前、彼自身の選によって編まれた『定本素逝句集』では三句のみを収録。他はことごとく削られた。

掲出句は昭和十七年刊行『ふるさと』所収。

娘等のうか〱あそびソーダ水　星野立子

星野立子の句について面倒な解釈はいらない。おおかたは、単純なことがらを単純に言いとっているとみえるのだ。同じ一つの句が、ある時はただごとのようであり、ある時は相槌を打ちたくなる。読む側の心持いかんによって多様に表情を変えてくる。これは、能面がその抽象性によって豊かさを獲得していることと一見似ているが、立子の句の場合それとも少し違う。おおまかに描かれたものに対して、鑑賞する側の想像力が細部をふくらませていきやすい、と言えばいちばん近いだろうか。

女流俳句に道を拓いたホトトギスの〈婦人十句集〉は、虚子の先見の明ともいえるものだったが、その流れのなかから立子・汀女という二人の代表的女流を生んだ。恵まれた環境での日常的題材による句作という共通性をもちつつ、この二人の句柄はまったく違う。中村汀女と照らし合わせることで、立子の特徴はむしろはっきりするようだ。たとえばここによく似た題材の二句がある。作句年代は離れているが本質には変わりがないと思われる。

外にも出よ触るるばかりに春の月　汀女
寒月のありと外より人の声　立子

汀女の「春の月」が弾むようなリズムの緊密さをもって、まるい大きな橙色の月を想像させるのに対して、立子の「寒月」は月の姿を示さない。一句の関心は寒月そのものよりも、人声を聞いたことによって醸される気分の方にある。さらさら読み下すような直叙。汀女が能動的、求心的な作風であるとすれば立子は受動的、遠心的な作風であるというのが、大摑みに言っての印象である。良くも悪くも技巧を凝らさない立子の句は時に弛みさえ感じさせるのだが、波に乗ったときの彼女の感覚の冴えは余人の追随を許さない。同じ「寒月」を詠んだものにも「寒月の大藁屋根にさゝりし如」があり、この傾向の代表作として

　美しき緑走れり夏料理

がある。さらにここに見られる感覚の切っ先を内にひそめると

　水飯のごろごろあたる箸の先

の句が現われる。〈具象〉とは目に見えるようにということになるだろうが、「水飯」の句のなまなましい具象性は感覚が冴えていなければ摑まえられはしないだろう。

　さてそこで頭掲句。じつはこれがもっとも立子らしい気がしている。これを読むたびに昔聞いた「お菓子の好きなパリ娘」の歌を思い出す。ソーダ水のはじける泡にぴったりの、苦労のない若い娘達の気分そのものを詠んで類がない。「うか〳〵」とは、人生の花のような時間がじつはほんの一瞬でしかないのだよ、との意をこめてこれ以上の言葉はなかった。この口語的発想、かろやかな日常語の使用は立子の身上といえるが、そのなかに〈明るい淋しさ〉と評された余情は初期から晩年にいたるまで一貫して流れていたようだ。昭和五十九年三月三日没。

末枯や子供心に日が暮れて

岸本尚毅

知らない土地を旅行するのは楽しいけれどたまには心細い思いもする。学生時代、四、五日の予定で奈良京都を廻る計画を立てた。はじめは一人のつもりだったが、同じサークルの下級生が一緒に行きたいと言う。彼女はちょうど同じ時期にゼミの企画で似たような所を巡るはずだったのに、そちらをキャンセルして私の計画に乗ったのだった。十一月の末、大分寒くなっていた。若かったから無鉄砲で、行き当たりばったり宿を決めずに新幹線に乗り込んだ。車中隣り合わせたのが、〈蛸唐草〉の図柄の陶器を集めているという男子学生で、彼に生駒の長弓寺の宿坊を教えられ、第一日目はそこに泊まることになった。宿坊というより、お寺の離れのような小ぢんまりした静かな部屋で、梵妻さんの手料理は美味しかったし、その辺りの名産という茶筅の話も面白かった。

一泊目の成功に気をよくして、二日目は有名大寺院などより穴場のお寺こそ旅の醍醐味とばかり、浄瑠璃寺から岩船寺を辿ろうと意見が一致。そもそもは「浄瑠璃寺の春」という随筆、作者は堀辰雄だったか、二人ともその印象に惹かれていたのである。

その浄瑠璃寺を出たのはすでに午後。次の岩船寺まで知らぬ道ではあるし、掛かる時間もわからない。ふと不安が兆したがそれは言わずに狭い山道を歩きだした。バスで行けば簡単だがこの山道を抜けるのが目的だった。道はますます細く、足もとの小枝を踏みしだく音がいやにひびく。連れはのんびりと自然生えの柿の木を見上げたりしている。かなり日も傾いてきた。ひとりひそかに気が気ではなくなってきたころ、道の片側がぱっとひらけて、下の方の畑で働く人の姿が見え、その先に広い道も見え隠れしはじめた。岩船寺はもうすぐだった。ほとんど夕闇が迫って到着した時は閉門三十分前。そそくさと拝観してバス停へ駆けつけると、もう真っ暗。バスがなかったらどうしようと途方にくれかけたとき、後ろから待合所に入ってきた初老の男性に「最終バスはもう出ましたよ」と声を掛けられた。私の顔色が変わったのだろう、相手は慌てて打ち消し、同伴の婦人も、悪い冗談を、と言葉を添えたが、先刻からの不安にへたりこみそうな気分で声も出なかった。

いまでも旅先で日暮時にかかるとあの日を思い出すが、薄暮の時間を淋しく感じるのは旅にかぎらない。

末枯や子供心に日が暮れて

そういえば子供のころ、夕方はわけもなくかなしかった。草木が衰えを深める晩秋。幼い子は万象の気配に敏感に感応する。世界の真只中に取り残されたような頼りなさである。この句は虚子の「日のくれと子供が言ひて秋の暮れ」を踏まえているのだろう。その上で、掲出句の「子供」には自分自身が強く投影されている。そこはかとない郷愁。その虚子論からもうかがわれるように、岸本氏は虚子のもっとも手強い部分と取り組もうとしているようだ。

見るたびに見かけぬが居り涅槃絵図　大住日呂姿

大住日呂姿――この無名の俳人を紹介する前に、阿波野青畝から話を始める。

なつかしの濁世の雨や涅槃像　阿波野青畝

さみだれのあまだればかり浮御堂

このよく知られた作品からは関西の気質らしい柔か味を感じる。内容もだが、調べにおいてその印象は大きい。高柳重信は座談会で、青畝俳句には「言葉の響きが見事に出ています」と述べている。二句ともにその好例といえるだろう。言葉の音律に対する鋭敏さをこのように評される青畝だが、六歳のときの耳疾により、終生を難聴の身として過ごしたのだった。

彼については有名なエピソードがある。まだ若かったころ、客観写生への不満を虚子に訴えた際、将来の大成のために主観を抑え写生を錬磨するよう諭されたといういきさつである。

主観の人であった青畝は以後、虚子の教えを旨として進み、自己の世界を深めることに専念していった。その本来的な主情性と同時に、巧まずして滲むユーモアは多くの作品に見られる。係累をつぎつぎ失う不幸に見舞われたが晩年は安らかに過ぎ、「長生きは得でっせ」という彼一流の言葉を残している。そのユーモアは対象を人間臭く捉えるところに発しているようだ。

経師屋に撫でられてゐる寝釈迦かな　青畝

出刃を呑むぞと鮟鱇は笑ひけり

ここでもう一人の俳人について語りたい。大住日呂姿。頭掲句の作者である。「涅槃図」は興味を惹く題材であったらしく、

涅槃図へご順にお詰め願ひます　大住日呂姿

の句も作している。俗世間をも含めた天地自然の現象をまことに人間臭く捉える彼の表現の個性を、青畝に通じるものとして感じることがしばしばあった。

煮凝の抑へこんだる鰤の顎　日呂姿
どこが旨いと訊かれても衣被
人はみなだれかとだれか雲に鳥
なつかしき嫁が君かな餅でも食へ

いつの場合も彼と等身大、同価値としての動物や植物への共感に溢れ、そのことは他者に対する彼の本質的な姿勢を示すものにほかならない。これらの句をまとめた『埒中埒外』（平成十三年刊）は彼が生前遺したただ一冊の句集となった。俳句表現におけるタブーやルールから自由でありたいと語り、敢えて抒情をも切り捨てたかに見えたが、句集巻末近くに置かれた一句、

国中《くんなか》の寒くなりたる赤のまま

を、彼の詩情の一面としていま懐かしく思っている。長身痩軀、山を愛しドストエフスキイを愛した人。矢島渚男に師事、「梟」同人。平成十五年四月没。

早稲の香や分け入る右は有磯海　　芭蕉

俳句仲間にさそわれて『おくのほそ道』の後半、市振から大垣までの道のりを辿ったのは随分むかしのことになる。

元禄二年春たけなわの江戸を発った芭蕉が、旅も終わり近く北陸道へさしかかったのは秋の初めだった。その芭蕉と同じ季節を歩こうというのが旅の計画の眼目だったが、当初のメンバーに欠員が出来て、急遽入れかわったピンチヒッターが私だったから事前に何の準備もなく、それでも手元にあった古い岩波文庫の『おくのほそ道』をひっつかんで（まさにひっつかんでという慌しさで）上野駅を出発した。上野からは二人、糸魚川で先行の二人と合流し、まずは市振へ。

芭蕉にとってこの旅は句風の転換期にあたっての連衆の開拓と解説されているが、それは外側のこと。旅による変化は彼の内面には何を与えたのか、車窓の景色を眺めながらふと思った。

ものごとには、やってみなければ、行ってみなければ、分からないことのあるのも事実だが、本当はその場に立ってみたところでなにほどのことが分かるわけのものでもない。いわば私たちは虚を旅していたにすぎないが、その事情は芭蕉もまた同じことだったろう。古人の心をたずねて歌枕を一見するというそれ自体、虚に虚を重ねるようなものではないか。「歌枕」とはリアリズムを遠くはなれたイメージのお化けのようなものだろうし、詩歌の心を問うのなら、すべては詩歌の言葉のうちにあることを思い知るべきなのだろう。旅の間じゅう、そんなことをぼんやり考えていたような気がする。

厄介なことに後世の私たちは、出来上った紀行文としての『おくのほそ道』の構成に目をうばわれてしまうのでつい錯覚しそうになるけれど、これはのちのち意図的にととのえられたわけで、切り捨てた部分、付け加えた部分は何だったか。研究者ならばそこを掘り起こさねば話にならないし、実作者にとっても作句の秘密を覗くようなスリルがある。虚構と実際との間隙。そう思いながら、考えがまた揺れる。それは、本物ではない史蹟に無邪気に感動している芭蕉の姿があるからだ。本当であるかないかなど二の次にすぎない。憧れ感動する心が何かを生み出すのだろう。では私たちも素直に本文に導かれることにしよう。旅は始まったばかりだった。そうして市振での、

一つ家に遊女も寝たり萩と月

の虚構のあと、掲出句のはればれとした広やかさに出合う。

狭い海岸線を辿ってきたあとに現われる一望の稲穂波。爽秋の大気の中、はるか右手に在る筈の有磯海に思いを残しつつも稲田を分けてゆく心のはずみは、前文「加賀に入る」の期待感に呼応する。一巻の変化の妙の中でも、この部分の転換はことに印象的だった。真蹟草稿にこの句の上五「稲の香や」とあるのが初案らしい。たしかに見た目には稲田の景色に変わりはない。だが言葉としての「早稲」は秋の爽やかさを伝え、見えずとも彼方の海の青さを引き寄せる。

このとき私は言葉の働きについて一つの手がかりを得たのかもしれなかった。

おもふ事だまつて居るか蟇《ひきがえる》

曲翠

近江膳所の義仲寺には木曾塚に並んで芭蕉の墓が建っている。芭蕉は生前の希みによってこの場所に葬られたのだが、義仲にどんな思いを寄せたのだったろう。

平家物語にみられる義仲は武将としての戦いの智略はともかく、都の宮廷政治に振り回されたあげく最後は泥田の中で命を落とすことになる。皮肉なことに、彼が輝いてみえるのは敗残の身の最後の刻、乳母子《めのとご》今井四郎兼平との絆の美しさによるものだった。勝者の栄光を味わったのちに訪れる無惨な死。このとき義仲を討ったのは九郎判官義経の軍勢、いずれは彼も義仲と同じ運命を辿ることになる。

「おくのほそ道」には、義仲・義経に限らず敗者の面影が処々に立ち現れて、全編に通じるモチーフが低音で奏でられる。芭蕉の心性のうちに、敗者に心を惹かれる傾きのあることは「ほそ道」一巻からでも推察できる。このような人格を形成した精神の根っこには何があるのだろうと思うことがあった。

最近知ったのだが、芭蕉の先祖に弥平兵衛宗清の名が出てくる。

この宗清というのは、平治の乱で源義朝が敗れ嫡子頼朝が捕われたとき、その生死に係わることがあった。のちに平家が西国へ落ちてゆく際、以前の恩に報いるため頼朝が彼を鎌倉へ招引したにもかかわらず、屋嶋へ下ったという。平家滅亡後の宗清の消息には異説もあるようだが、系図の信憑性はどうあれ、この出来事は敗者の誇りを示すものとして芭蕉の心性に何らかの影響を与えはしなかっただろうか。

思わず深入りしてしまったが話を冒頭の義仲寺に戻そう。数年前、京都に行く途中に立ち寄って寺内を一巡した折、翁堂の裏手で「曲翠」と刻まれた小さな自然石が目についた。寺では墓と言いならわしているけれども正確には供養塚というべきもので、昭和四十八年に造られたという説明であった。

菅沼曲翠（曲水）は膳所藩士。近江蕉門を代表する一人である。現存する芭蕉書簡のうち、弟子に送った最後のものはこの人に宛てられている。信頼厚い相手であったことが一目でわかる文面だった。『近世畸人伝』は妻破鏡尼をとりあげて、曲翠の死のありさまに触れている。芭蕉の死から二十数年後、彼は藩の家老の不正を憎んでこれを斬り捨て、自らも自刃して果てた。子息内記も死を賜り、家は取り潰しとなった。破鏡は夫と同じく蕉門であったが郷里岸和田に帰ったという。『畸人伝』中に「今もかしこには語つたへて、忠誠を悲しむとぞ」と記されている。

掲出句は、その人柄を偲ばせる。簡明率直な詠みぶり。墓に呼びかけつつ、実は自分自身にほかならぬ姿。後年の死のいきさつを重ね合わせるとき、ずしりと重く響いてくる。

曲翠の死もまた敗者の誇りに通じるものだったろう。史蹟と呼ぶにはまだ新しい曲翠の塚だったが、芭蕉の墓近く名をとどめることになったのを安らかな思いで眺めた。

一昨日はあの山越えつ花盛り　　去来

〈花〉といえば桜をさすのが古くからの約束ごとである。もっとも、関西と関東とではイメージする桜が違うようで、吉野に代表される山桜と、どんちゃん騒ぎの花見にふさわしい里桜ことにソメイヨシノに大別出来そうだ。私の好みは枝垂桜に傾くのだがそれはともかく、掲出句はもちろん前者の山桜。

岩波文庫の評釈には「旅の途上、ふと振り返」ると「遥か後方の山なみに」「桜の花が雲のように白くたなびいている」「一昨日あの山を越えたときはまだそれほどの開花ではなかったのに、わずか二日の間にもうあれほどの花盛りになったのだなあ」とあり、さらに「一脈の旅愁」を感じるとしているところに大きく共感しながら、ふと、この句について自分が抱いてきた気分とはどこか違うような気がしてもう一度口ずさんでみた。しばらくしてようやく思い当たった、というのも鈍い話だが、「花盛り」を一昨日のこととするか現在のこととするかに関係してくる。

文庫では、山を越えて来た只今において花盛りと解釈されており、これは下五の部分で現在にひきつける俳句構造として理解できる。そうは思いつつ私は今も〈一昨日はあの山を越えたのだった。ちょうど花盛りのその時に〉という自分の最初の解を手放しかねている。

これはおそらく当時読んだ坂口安吾の『桜の森の満開の下』の影響かもしれない。たしか、

〈花盛りの森にはいつも淋しい風が吹いている〉ように書かれていたと記憶を辿りつつ、あらためて読み返してみるとこの小説に淋しいという言葉はひとつも見えず、ひたすら怖しいとだけ繰り返されていた。呆気にとられたが、ここでいう怖しさこそすなわち淋しさなのだった。

この印象が去来の句へ尾を曳いていたのだろう。けれど我田引水を承知でいうなら、花盛りの山中を過ぎてきて遠く眺め返した時、桜の印象とともに旅情を覚えたというのもなかなかいいではないかと同意を求めたい気もしてくる。去来の句には春の明るい淋しさがそこはかとなく漂う。この旅情という一抹の淋しさは、過ぎ去った時間がもたらす。

「旅寝論」「去来抄」にはこの句について芭蕉の評がある。句の解釈に触れるところがあるかと期待したのだが、「此句今はとる人も有まじ。猶二三年はやかるべし」(「旅寝論」)といい、吉野行脚の折には日々この句を吟じていたとの言葉のみで、芭蕉の先見の明を示してはいても、句の新しさがどういうものであるのか具体的に語られてはいなかった。「花盛り」に関しては、句の新しさとは別のことになるが、言葉の用い方の問題として、自分の作句の折折に考えていくことになりそうだ。

宝永元年九月十日、去来は数え年五十四歳で没している。「凡《およ》そ天下に去来程の小さき墓に参りけり　虚子」の句があるので、落柿舎の小さな自然石を墓と思いやすいのだが、本来は洛東真如堂の向井家墓所に葬られたという。墓石はすでにない。

見えぬ眼の方の眼鏡の玉も拭く

日野草城

よく知っているつもりの句に、実はまったく違う理解をしていたと気付くことがある。

春の灯や女は持たぬのどぼとけ

これがそうだった。春灯下、ここにいる人物を男性であると思って疑いもしなかった。粗雑に読み流したものだが、この句の当時、肉体を詠んだ俳句は今ほど多くはなかったろうし、その意味で目新しかったのだろうぐらいにぼんやりと考えながら、それにしても男の突き出た「のどぼとけ」と春灯とは、何かしらそぐわない感じがして、有名な句ではあろうけれど、無縁のものとして過ぎていた。

勘違いに気がついたのは、『鑑賞現代俳句全集』の桂信子氏による日野草城鑑賞からだった。

春の灯の下の、すべすべとした女の肌、それがのどぼとけの辺りへ焦点をあてて、その艶やかさを一層強めている

言われてみればなるほどその通りで、〈極端な早熟型〉と評された草城には、この句だけでなく初期すでに女性の姿態を巧みに捉えた作品がいくつもある。

もちろん、〈早熟型〉の本当の意味は表現技倆のことであり、二十歳で「ホトトギス」巻頭を占めて以来、その活躍ぶりには目を見張るものがある。鬼城・蛇笏・普羅などに代表される大正

初年代作家たちの重厚な作風のあと登場してきた草城の都会的な明るさは、たしかに衝撃的に迎えられたのだろう。アンソロジーに必ずといっていいほど取り上げられる代表句、

ものの種にぎればいのちひしめける
ところてん煙のごとく沈みをり

は、二十五歳の折の第一句集『花氷』所収の作。これからしても、その才能がうかがわれる。前出〈極端な早熟型〉とは山本健吉の草城評だったが、これには続きがあって〈極端な早熟型の極端な晩成型〉というのが正確である。早熟と晩成のあいだの振幅を駆け抜けることになるのだが、新興俳句の一翼を担って、その可能性を切り拓きはじめた彼にとって不運だったのは、時代の趨勢による沈黙を余儀なくされたこと。第二に戦後の病臥窮乏の生活がある。加えて、死の四年前緑内障による突然の右眼失明。

掲出句にはそのような背景がある。

これを読んだときの、どきっとした瞬間をいまも忘れない。日常というものがどんな相貌をひそめているか、突きつけられた気がした。しかも、この何気なさはどうだろう。習慣化した一動作は、無意味だとか虚しいだとかいったこととは違う、なんといったらいいか、生きていくというのはこういうことなんだなとしか言いようがない。

才気縦横の彼が晩年、境涯に沈潜したすぐれた句を残したことを感慨深く思う一方で、もし彼が順調な俳句人生を送っていたなら、〈境涯〉という、いかにも日本的な文学基準を離れたどんな作品を生んだことだろうと、残念な気もする。

新藁や永劫太き納屋の梁

芝　不器男

作品の背後に生活の厚みを感じることが少なくなった。

歳時記には農耕を基盤として自然を捉える詞がちりばめられているが、現在の私たちのように生産の現場から遠く隔たった生活を送っていると、季の詞が実感を伴わぬだけでなく、単に趣向としてのみ使われている場合も多い。人間の暮らしは変わっていくものだし、言葉は変質していくものだけれど、ときどきはその根を確かめることで、言葉の力を見直すのも大事だという気がしている。それは同時に、言葉にこめられた人々の暮しに触れることにもなる。

芝不器男は愛媛県生まれ。昭和五年、二十六歳で没している。五年に満たぬ作句期間に、

　永き日のにはとり柵を越えにけり

　卒業の兄と来てゐる堤かな

などの秀作を残して、彗星のように世を去った。その抒情的な作風と年齢からして、生活感といえるものは少ないのだが、掲出句は数少ない中の一つだろう。

不器男の父は彼がまだ小さいときに亡くなったが、経済的な苦労無しに育ったらしい。五男二女の末子の気楽さもあったようで、二つの大学も中途でやめたりしている。彼の短い生涯にとって、〈家〉に象徴される足枷といったものはなさそうだ。

それはそれとして、この句を作者と切り離して見たときの第一印象は、連綿とつづく〈家〉の歴史の重さだった。「新藁」は年々繰り返される生活の営みを思わせ、「永劫」の「梁」は圧しつぶされそうな存在感を持つ。

一句の世界が、作者のではない別の人生を思い出させる。大学でフランス語を教えているK氏には右手の人差指がない。彼の穏やかな物腰とそのことが結びつかない印象だった。

K氏の父は農家の長男だったが陸軍士官学校を出て将校になった。敗戦後、外地から帰還して郷里に戻ったときにはすでに、百姓として身を立てるには遅すぎる年齢になっていた。

自然を相手の仕事には若いころからの経験がものを言う。このことは、民俗学者の宮本常一の聞き書きの中に、学校教育が義務づけられた際、自然に対する勘や技術を幼少から養わねばならぬ百姓や漁師にとって迷惑なことだとの反発が記されているのによってもうかがわれる。K氏の祖父は息子の失敗を孫に繰り返させまいと思ったのだろう、小さかった彼に何でもさせたようである。小学五年生の或る日のこと、近隣での草相撲大会を終えて友人と一緒に帰ってきた彼が、藁を切る作業にかかったとき、手を貸そうとした友人があやまって彼の指を切り落とした。村には軍医あがりの外科が一軒あるだけで、設備も技術も充分ではなかったらしい。指は元には戻らなかった。それから数年ののち、一家は都会に移った。

彼の心の風景のなかに、この不器男の句にそっくりな情景がいまでも宿ってていはしないかと思うのである。

武蔵野の雑木の桜咲きにけり　矢島渚男

武蔵野といえばすぐに雑木林を思い浮かべるが、歌枕としての〈武蔵野〉は

むらさきのゆかりの色もとひわびぬみながら霞むむさしのゝ原　藤原定家

と詠まれ、もともとは薄や萱におおわれた原野が広がっていたらしい。それが国木田独歩の『武蔵野』に描かれるような楢や櫟の雑木林の風景に変貌したのは近世以後、植林を伴う新田開発によるものだったという。作者の住む長野県から東京都内に入る道すじ、車窓からでもところどころにその名残りを目にすることができる。

雑草という名の草はない、といったのは誰だったか。それと同じように、雑木と一括りに呼ばれはしても樹木の一つ一つは名前を持ち、それぞれの性質や生命をまっとうしているのだということを、掲出句からあらためて気付かされる。

桜の季節、日本人はことに思い入れが深いようで、二タ月近くの間、日本列島の端から端を貫く桜前線のニュースが続く。花見のあれこれ、風雨の予報など、家にいてさえ落ちつかぬ気分がする。名園名木を尋ねて出かける人の驚くほどの数の多さ。さらに目を書物に転じれば、古代の呪術的な桜をはじめ、文芸に現れるこの花の多様多彩なこと、数えあげればきりがない。詩歌だけに限ってみてもまさに秘術を尽くして、という感がある。

そんな中で、この一句のなんという素朴さだろう。武蔵野の雑木のなかに一本の（もしくは数本の）桜が咲いていた、と、ただそれだけでほかに何も語ろうとしていないが、作者の心の在り処は「雑木の桜」、つまり雑木に囲まれて、同じように雑木として立っている桜を見てとったところに表れている。武蔵国の人がこれを見れば土地へのことほぎとして嬉しく受け取るに違いない。このような作品は読み手の人柄や力量の大小、深浅によっていかようにも受け取れるし、いかようにも膨らむ。欲のない句とはこういう句を言うのだろう。

ついでに余分なことを言うようだが、今、いかようにも読めるといったので慌てて付け加えると、ときおり目にする批評の中に〈俳句は読み手によってどんなふうにも読める〉というのがある。一面においてはその通りだが、この言葉からは誤解が生じやすい。一句の意は確かに通っていなければならないのだ。その基本の上で鑑賞は成り立つ。恣意的に読んでよいわけではない。心しなければならないと思う。当たり前のことだが、これは同時に作者の側も表現の正しさを心がけるということでもある。

脇道にそれたが、桜を詠んだ渚男句をもう少しあげておく。

　村人のさくら見させてもらひけり
二人してあの木この木と山桜
白湯うまし山の仏とさくらみて

枝々に風音を聴く神楽かな

渡辺和弘

本というもの、ひいては活字ということになるのかもしれないが、内容は別としてその値打ちはすっかり下落している。

子供の頃、書籍はもちろん新聞の広告でさえ跨ごうものなら、すかさずぴしゃりと足をはたかれた。それやこれやで活字に対する敬意はいまもって続いているが、それでもこう印刷物が多いと、昔のように一冊を繰り返し読んで愛着するといった扱い方からは遠くなっている。

若い人の活字離れがいわれて久しいわりには、世の中に出版物が溢れかえり、このごろでは書店の棚を見上げるのが空恐ろしいほどだ。新刊本の多さに辟易して、というより恐怖すら感じて、むしろ小さな古本屋のほうが気楽に覗く気にもなる。神田や早稲田や、ちょっと穴場の高円寺など古書街として知られたところは敬遠して、ごく普通の町なかにぽつんと一軒あるような店が案外面白い。

なにしろ店はそこだけなのだから、気の急くようなこともなく、全部の棚をじっくり落ち着いて眺めていられる。飯田龍太の『童眸』や『山の木』などもそうして見付けたのだった。こういうところの店主は俳書にはすれていないようで、びっくりするほど安かったりする。

そんな一冊。当時二、三十代の新鋭十人のアンソロジーである。三十年も前の刊行だから、いまでは中堅以上の人々というべきか、現在活躍中の名前もあり句作を遠ざかったかと思われる名前もみられた。

読むつもりなく頁を繰って、じつは驚いた。たまたま開いた頁の作者、この若さでこんな落ち着いた句を作るのかと思ったのである。

枝々に風音を聴く神楽かな

神韻縹渺、といってしまってはすこし硬いもの言いになるだろうか。ここでの「神楽」はいかめしい大社の神前に奏されるものであるよりは、むしろ山里の簡素な白木造りの社などで素朴に舞われているのがふさわしい。広々した舞台ではない。あたりの樹木は枝を差し交わして社殿を包みこんでいるのだろう。梢を鳴らす風の音と神楽の旋律とがいつかひとつに溶けあってゆく。さらには、「神楽」が冬の季語であると知らなくとも、一句全体に通っているのは乾いてもの寂びた冬の季節感そのものである。

この句の当時、作者二十九歳。感嘆のほかない。同時作にも、

夜神楽や衣ふれあうことのあり

一瞬の感覚を抑えて写実に徹している。あり得ぬ音を聴きとめたのは「日盛りに蝶のふれ合ふ音すなり　松瀬青々」だが、掲句は音と言わずに音まで想像させる触感の確かさがある。これを助けたのは、単なる「神楽」ではなく「夜神楽」であるゆえの灯明かりの印象も与《あずか》っていたのではあるまいか。

両句の味わいの違いを愉しんだ。

人殺す吾かも知らず飛ぶ螢

前田普羅

螢を見に来ないかと誘われている。もう三、四年ごしの約束になるだろうか。なにしろ生きもの相手で時季が限られるから、こちらの条件との折り合いがなかなかつかない。やれ、さしせまった用事があるだの体調が思わしくないだの、私のほうの都合でのびのびになったままだった。

場所は鎌倉に近いJR大船駅の、さらに二つ手前の駅を下りてバスで二十分ほどの所である。数十年前そのあたりは分譲につぐ分譲で、ゆるやかな丘陵はあらかた切り崩されている。そんな中で運良く自然破壊をまぬがれた一帯を地域の人たちが大事にしてきたのだろう、小さな流れには餌となる川蜷もよく育っているようだ。このごろでは近隣以外からも出かけてくる人があるのだという。

螢は雨のあがったあと、むっと暑さのこもるような時がいちばんよく出るらしい。ちらりほらりどころではなく、わんわんと湧きあがるのだと言われては、もう想像のほかである。

物思へば沢の螢もわが身よりあくがれいづる魂かとぞみる

螢といえば平安中期の歌人、和泉式部のこの歌をすぐ思い出すが、ここではせいぜい数匹がゆらりゆらりと飛び交うくらいがふさわしい。わんわん湧きあがってしまっては、遊魂も慌てて体内にとんぼ返りすることだろう。私はこの歌碑を洛北貴船神社の奥宮の裏手、深い木立のなかに見たことがある。恋愛歌人としての和泉式部の名は、二人の兄弟皇子との恋のいきさつによってよく知られている。掲出歌もまた、失恋して貴船明神に詣でた折に詠まれたもの。

詩歌のなかで、「螢」を心の思いに重ね合わせるのは古今集恋の部をはじめいくつも出てくる。俳句で「螢」を詠もうとすると、この情念の代名詞のようなイメージが邪魔をして、私にとっては扱いにくい季語のひとつになっている。歳時記の例句にもこのイメージはさぞかし多くあることだろうと、あらためて見直してみた。すると案外なことに、そのような作品はごく少なく、ほとんどは叙景的、即物的に使われていたのである。たしかに十七音の短さで、一つの気分だけにとらわれては似たり寄ったりになりがちで、そこを抜けるには物に即したほうがやりやすいに違いない。

そんな中に一つ、前田普羅のこの句があった。

人殺す吾かも知らず飛ぶ螢

主情そのものの句である。尾をひいて流れる螢火を目で追いながら、ふと己の心の深淵にゆき当たる。自分自身の人間性に対する懐疑と怖れ。

のちに「奥白根かの世の雪をかゞやかす」「駒ヶ嶽凍てゝ巌を落しけり」などの代表作が生まれるのだが、一見遠く隔たるかにみえるこれらの句も、掲出句に表れる振幅の大きい精神性がなければ生まれてはこないものだったろう。その俳句観は「〝わが俳句は、俳句のためにあらず、更に高く深きものへの階段に過ぎず〟こは俳句をいやしみたる意味にあらで、俳句を尊貴たる手段となしたるに過ぎず」とあるところに著しい。

折々に伊吹を見ては冬籠り　芭蕉

東京駅から東海道新幹線に乗って京都まで。キオスクで買った文庫本を読むのにもいささか飽きてきた頃、それはたいてい名古屋を過ぎるあたりなのだけれど、活字を追うのをあきらめて窓の外を眺めはじめる。

日本各地の景色は、ここ半世紀に満たぬ間にずいぶん均一化された気がする。駅の建築ひとつにもそれは表れているのだが、その駅を起点として拡がる生活圏全体がのっぺらぼうになってしまっているようだ。ローカル線ならともかく、新幹線からの景色をあまり眺める気がしないのはそのせいもある。

そんなことを思いながら目を遊ばせているあいだに列車は関ヶ原にさしかかった、と、まもなく右手前方に大きな塊のように迫ってくる山がある。美濃と近江の境界に位置する、これが伊吹山。風景にけちをつけることから書き始めてしまったけれど、この山容はかなり印象的である。知人の一人は、関西に帰省するときこの山が見えるとしみじみ西に帰ってきた感じがすると言っていた。標高一三七七メートル。とりたてて高いわけではない。『古事記』所伝に、倭建命が伊吹の山神の祟りを受けて病没するとの一節があるが、そんな荒らぶる神のイメージがむしろ意外なほどである。とはいえ山中は一七〇〇種に及ぶ植物の宝庫であり、イブキの名を冠する固有種も多く、この山の懐の深さを思わせる。以前、降雪のさなか山を遠望したとき、その威容に、伝説をなるほどと納得したことだった。土地の人々にはまた格別の思いもあることだろう。

折々に伊吹を見ては冬籠り

これは芭蕉が大垣藩士宮崎荊口の次男千川を訪ねた折の句。荊口父子の名は二年前の「おくのほそ道」結びの地・大垣の段にも見える。父、兄弟ともに蕉門であった。ほそ道の旅の直後、「戸を開けば、西に山有り、伊吹といふ。花にもよらず、雪にもよらず、只これ孤山の徳あり」と長文の前書につづけて「其まゝよ月もたのまじ伊吹山」と讃えた芭蕉は、二年後同じ大垣からの山容を、今度は土地に居住する者の側に心を寄せて詠んでいる。句意は、常の起居の折ふしに、あの伊吹山を眺めながら冬の間を過ごしておられる。なんと心足りた冬籠りの明け暮れであることよ、となるのだろう。あるじに対する挨拶でありながら、ここでは芭蕉自身の述懐であるかのような句形になっている。

折々に伊吹を見てや冬籠り

の形も別に伝えられており、私はまずこちらを最初に覚えたためもあって、「見てや」と大きく一呼吸置く気息が心に叶う。これならば挨拶句の体裁になる、ということ以上に、眼前にどっしりと山が居据わっている力強さをおぼえるからだ。リズムがダイナミックに働いている。

のちに、芭蕉没後百か日に出席した惟然を「木枕のあか（垢）や伊吹にのこる雪」と詠んで送別した丈草の句の「伊吹」には芭蕉の俤を重ねたくなる。

綿虫のはたしてあそぶ櫟みち

石川桂郎

綿虫、大綿、雪螢、いろいろに呼ばれるこの虫を、ずいぶん長い間知らなかった。書物の中に出てくる虫の名としてならよく見かけていたのである。それはいつもぼんやりした光の中で、淋しげな魂のようでもあった。想像の綿虫と実際の綿虫をつき合わせて確かめようなどとは思ったこともなく、私の世界の綿虫はいつまでもそのままだった。

俳句を始めてしばらく経ったころ気がついたのは、具体的な体験よりも気分や雰囲気に傾きがちな自分の性情である。「ものをよく見て」とは、初学時代にかぎらず俳句ではしばしば言われる教えだが、自分の内部に何かがなければ、穴があくほど見つめても〈もの〉はただの〈もの〉にしかすぎないし、私の場合は見ることに限定されていたらとっくに俳句に興味を失っていたかもしれない。

幸か不幸か、最初にとびこんだ句会は題を出して作るというものだった。席題、である。これが実に面白かった。このとき、私は言葉によって、現実を超えた世界をいかに作るか、その〈いかに〉の部分にまず気分や雰囲気を優先させることから始めたのである。良し悪しは別として、これが自分のやり方であったことは間違いない。あとになって、それだけでは片付かない世界があるのにも気付いてくるのだが、とりあえずは好きなように続けてきたから、ようやく〈見る〉

ということも幅をもって考えられるようになったのだと思っている。はじめから否定されてしまっては、どこにも辿りつくことは出来なかったに違いない。

実際の綿虫に出逢ったのは、眼下に荒川の流れを見下ろす小高い林のなかでだった。この林は県の農林課が管理しているらしく自然の状態を残しながら、よく整備されていた。もう日暮に近く、ほかに人はいなかったのでゆっくり大木を見上げたり何だか分らぬ木の実を拾いあげたりして歩いていたその目の先に、白っぽい小さなものが浮かんだのをはっとして捕まえた。お尻に粉のような白い塊をつけて、かすかに青みを帯びた羽虫。これだ、と思った。ほかにもいないかと見回したけれどそれきりだった。

ここで、綿虫についての印象が改まったなどといえば、とても都合がよいのだがそううまくはいかない。私は昔からの馴染に逢ったような気がしたのだった。これまでの印象に強いて付け加えるとしたら、それは懐しさであった。

掲出句の作者石川桂郎は東京人。一句の背景は櫟の多い武蔵野の雑木林であったかもしれない。晩秋から初冬にかけてのにぶい日射しを透かしている林のなかの小径。乾いた落葉があたりに散り敷いてもいただろう。しばらく行くことのなかったその径を抜けていこうとして、そういえばそろそろ綿虫の出るころだがと、思うともなく思う。旧知に出会ったような、あ、やっぱりいたなという親密さがこの句には満ちている。

私の綿虫体験はこの一句を見付けて満足したのである。

いぢめ尽せし弁当箱よながむしよ　　　桑原三郎

子供時代の桑原三郎氏がどんな少年だったのか、この句から想像するのは愉しい。

学校給食が制度化されたのは昭和二十九年だから、八年生まれの三郎氏は、まだお弁当を持って学校に通っていた世代である。弁当箱といえばすぐ思いだすのは、壺井栄著『二十四の瞳』。百合の花の弁当箱を買って貰うのを楽しみにしながら、学校をやめて奉公に出る少女の、せつないエピソードがある。この物語の生徒たちの世代は三郎氏より少し前になるはずだが、女の子のものにはきれいな模様が付けられていたのだろう。男子用には、かなりあとまでそんな装飾はなかったと記憶する。ただの無骨な四角いアルマイトだった。

男の子というのはしようのないもので、空《から》になった弁当箱に、蛙は入れる、ミミズは入れる、はては石ころまで詰めて喧嘩の加勢に出る。ぼこぼこに変形した弁当箱を持たぬ者などなかった。被害に遭ったのは弁当箱だけではない。学校の裏手で見付けてきた青大将を取り囲んでさんざん突っついたあげく、校庭中を振り回して女の子をきゃあきゃあ言わせる。授業開始のベルが鳴るころには、哀れな蛇はとっくに干物になってのびてしまっている。いまでこそ温厚な紳士（のように見える）の三郎氏にそんな悪童の姿を重ねてみるのは、繰り返して言うが、実に愉しい。

――と、ここまでを牧歌的に読ませていただいた。そして、さて、と思う。掲出句は、第二句集『花表』中の一句である。生活の現実というものを生《な》まなかたちでは表さない作者ではあるけれど、第一句集において、出自の表出は主として〈場〉を描くことに比重がかけられていた。続く『花表』では〈我〉の側に少しずつ重みが移って来たように感じられる。

　　われを励ますものに背摺れの一柱

たとえば、こんな句もあった。表現の微妙・巧緻はそのままに、ごく日常的な句材の選択はこの後さらに数を増してゆく。同時に、その表現の口語性も次第にはっきりしはじめる。

　現在の桑原三郎氏は口語的発想の俳句を代表する一人だが、そのことは、氏の作品にみられる無意味性への志向と歩を合わすかのようだ。「ありえない事は起こらず秋の暮」「ありふれた秋の風なり桐畑」のような句を詠む人にとって、日常とは無意味な事柄の集積にほかならず、その表現は時に〈ただごと〉の様相すら帯びる。事柄に意味づけをするのは個人の恣意によるのであって、本来ものごとに意味などないはずだった。けれどそのような認識に辿りつくのはむずかしい。三郎氏がそれを早い時期から、ほとんど体質的に獲得してしまっているのは、人間も事物も同じ価値として存在しているという、等価の視点を持っていることに由来するのだろう。

　そして、そういう世界観を培《つちか》ったのが、蛇や弁当箱ではなかったかと思うことは、三たび繰り返すが、本当に愉しい。

峠見ゆ十一月のむなしさに　　細見綾子

細見綾子の俳句はどういうものかと聞かれたら、ためらわず一つの句を差し出すことができる。

ふだん着でふだんの心桃の花

一人の俳人のありかたを、これほど端的に示す作品も少ない。

このように飾らぬ率直さで俳句に向き合った人も稀だろう。とはいえ日常を素直に詠う、といえば簡単なようだが、それでは素直に詠いさえすれば詩になるかといったらそうはならないのが、表現のむずかしさであり面白さである。無論、綾子にも失敗作はあったに違いないけれど、健やかにものを感じる力は柔軟な言葉と結びついて、晩年までういういしさを失わなかった。

俳句全体を見回して彼女の句の位置を考えるとき、浮かんでくるのは対極としての橋本多佳子である。すこし長いが飯島晴子のすぐれた多佳子論を引用してみる。

（「雪はげし抱かれて息のつまりしこと」などの）こういう句をつくること自体が、多佳子の徹底的に傷ついたことのない証のようにも思われる。（略）

多佳子俳句の魅力に似ているものを手近に探すと、（略）歌舞伎で情念が頂点に達したときに使われる見得である。（略）見得には虚構の美しさと快感がある。（略）これに成功するには技術と、それから何よりも気魄が要る。だから多佳子はいつも背すじを立てて、気魄を最高により出す状況を待ったのである。

そしてこのような立場からもっとも遠いのが綾子の俳句だった。それはあるものをあるがままに受け入れて静かである。しかも決して消極的ではない。私はその点に、この女性のすぐれた知性を感じる。

綾子の人生の転機は最初の夫に死別したのちの俳句との出会いだが、戦後になってからの一回り年下の沢木欣一との結婚も、生活と俳句の両面における大きな転機であった。随筆「雪嶺」では、この結婚についての決意が語られている。彼女の知性が、人生の処し方にも深くとどいているのがよく窺われる一文である。

掲出句は欣一との結婚に踏みきる少し前の作品。当時の心の揺れが書かせたものであったかもしれない。二度目の結婚、そのうえすでに中年にさしかかっていたことは、さまざまな屈託をもたらしたと想像がつく。ふくよかな温か味を感じさせる俳句が多いなかで、ここにみられる澄明な淋しさもまたこの作者のものであった。ナルシシズムに傾かない観照の精神と、自然との交感が作者を支えている。

その代表作。

女身仏に春剝落のつづきをり
螢火の明滅滅の深かりき
チューリップ喜びだけを持つてゐる

啓蟄の針箱からも小虫たつ

小檜山繁子

啓蟄。地虫出づる頃。——世間に春の光の射しそめる季節、地中にひそむ虫たちも動き出す。土の中は真っ暗だろうに、虫はどうやって春を知るものか。穴から這いだしてふり仰ぐ空の色、風の匂い。この時期ばかりは、たとえ嫌いな虫であろうとも踏みつぶす気にはなれない。おたがい冬の寒さを生きのびた同志感情がふつふつ湧く。

今年の啓蟄は三月六日だった。たぶん日を合わせたのだろうこの日、文京区千駄木に「虫の詩人の館」がオープンした。その洒落っ気がなんともほほえましい。大の虫好きの仏文学者、奥本大三郎氏が自宅に建てたものである。『ファーブル昆虫記』を全巻読んだことはなくとも、あの糞ころがし、スカラベ・サクレや狩人蜂の話を記憶している人は多いと思う。そのファーブルを紹介する昆虫館である。

オープンから四日経った雨の金曜日。私が見たかったのはスカラベの実物標本だった。

話は二十数年前の夏の夜にさかのぼる。風を入れるために部屋の窓はあけ放しになっていた。突然とてつもない音をたてて黒い塊りが室内の宙に浮かんだのである。無重力の宇宙ではあるまいし、物体が空中の一点にとどまっている光景ははじめて見た。その物体、大きさは親指と人さし指で楕円を作ったくらい。もっとも私の指は白魚のようなという形容にほど遠いからせいぜい長径三センチ程度。いまでもあの驚きは忘れられないが、結論をいえば正体はダイコクコガネ。ちょうどヘリコプターの原理そっくりに、いやヘリコプターの方が虫を真似たのだろう、浮かんでいたというわけだった。すさまじい音は翅音だった。ダイコクコガネもスカラベと同じ糞虫の仲間である。このとき以来、子供のころ挿絵で眺めたファーブルのあのスカラベの本物を一度見てみたいと思うようになった。

標本のスカラベは想像していたより一回り小さい感じで、でも、その前肢はたくましかった。いつか、糞球を見る機会がないものかとまた欲が出ている。

啓蟄からだいぶ話が逸れた。

掲出句の「小虫」は、スカラベやダイコクコガネのような甲虫とは似ても似つかぬこまかな羽虫のたぐいだったのだろう。針箱の中は糸くずや綿ぼこりがつい溜まりやすい。へらや鋏や針山など、なにしろこまごました道具ばかりなのだから。私の母の使っていた針山には糠が詰めてあったようで、隅っこが綻びるとはらはら粉糠が散ったりした。

母が死んで何年も経ってから、古い針箱を開けてみたことがある。針山に小さな虫喰い穴がいくつもあいていて、こぼれた粉がふかふかしていた。虫の姿はなかった。虫が針箱を出ていったのは、もうずっと前のことだったらしい。この句を見るとそれを思いだす。小檜山氏には同句集『蝶まんだら』に「地虫出づるとも押入の母の闇」の句もある。

啓蟄の季節は私には明るくて少しさびしい。

鳥の巣に鳥が入ってゆくところ

波多野爽波

「とりのすにとりがはいってゆくところ」

こう呟いてみて、軽い放心状態に誘われるような気がしないだろうか。私はこの句を読むと、まず最初にぼんやりした気分に陥る。これは「鳥の巣に鳥が」という、ゆるい反復のせいなのだろう。加えて、「入る」ではなく「入ってゆくところ」という間伸びしたリズムのせいもある。一見稚拙にみえるこのフレーズが実は曲者だった。そのことはまたあとで。次に、もういちど読み返すと、今度は巣のふちにひとたび止まってから首を差し入れてゆく鳥のかたちが見えはじめる。

ひとくちに「鳥の巣」といってもいろいろで、生息する場所もさまざま。水辺でも森でも、人家の近くだってかまわないけれど、作者の関心はそこにはなさそうである。そんなことはこの際どうでもよかったのだろう。では形のほうはといえば、木の幹に穿たれた穴であったり、お皿のように枝に掛かっていたり、地上の窪みであったりするのだが、これまた特に言ってはいない。ただこの点については、穴の形の巣だと言い切りたい気がする。人の手によって取りつけられた巣箱の丸い穴であってもいい。むしろそのほうが思い描きやすいかもしれない。

こんなふうにこだわる訳はつまり、上部の開いた皿の形では巣に収まったあとも姿が見えているわけで、それよりは、鳥の姿が中に吸いこまれて消えてしまうことを前提にしてはじめて、巣に入る動きがきわだって感じられると思うからである。

そしてこの動きを否応なしに感じさせるのが「……ゆくところ」なのだ。ここで読者の視線はスローモーションに切り替わる。一瞬の状況を指し示す語によって逆に、刹那の時間が引きのばされて刻みつけられる。――今まさに頭を低めて、巣に入っていこうとする時の柔らかな鳥の身体――。この句から猛禽類や大きな鳥を想像する人はあまりいないのではないだろうか。たいていは小鳥を思い浮かべるに違いない。

スローモーション的映像ということでは、芝不器男に

永き日のにはとり柵を越えにけり

がある。こちらは「永き日」と、「……にけり」のゆったりした詠嘆的語法が相俟っての効果だったが、言葉の働きの面白さを両句から教えられる。

波多野爽波は、数度の黄金期を経て綺羅星のごとく有力俳人を輩出した「ホトトギス」で、老熟期の虚子に目見《まみ》えた弟子である。爽波自身の言葉に〈写生の世界は自由闊達の世界である〉があり、写生論議の際には引合いに出されることの多い彼の俳句だが、何をどう省略したかに目をとめて見るとき、いっそう興味深い。掲出句は第一句集『鋪道の花』所収。ごく初期の句である。

その他、同集より。

金魚玉とり落しなば鋪道の花

梅雨はげし傘ぶるぶるとうち震ひ

父祖の地に来て風除にさへぎらる

秋元徳蔵

今回は番外編ともいうべき一句の話である。古い知人の思い出のためで、名句でないのはご勘弁いただきたい。

句座、という言葉には少し古めかしく懐しい響きがある。現今の結社の句会を見聞きしていると、大変合理的かつ事務的ですらあって、この言葉のかもしだす人肌めいた気分にはほど遠い。そこへいくと、少々辺鄙な田舎の神社などでずらりと俳句の書かれた奉納額を見かけたりするが、このようなものの成り立つ場所にこそ句座の語がふさわしいと思ったりする。そんな土地にはまだ昔からの宗匠の伝統が残っていたりもする。

近隣の同好の士が集まって長年守り育てている句会のなかにも、それに近い雰囲気のものがある。名のある指導者のもと、研鑽を積むことを目的としている結社の句会とはだいぶ趣が違うのだ。俳句に巧さ面白さを求めはしても、詩性について真剣に悩んだりはしない。子規が否定した月並そのものかもしれない。

こう言ったからといって、私はそのような俳句の場を一概に否定する気にはなれない。そういう所から、沈滞を突き破るような作品や人が現われないものでもないだろう。げんに茅舎や鬼城などは月並の洗礼を受けてきた人だということを、どこかで読んだ覚えがある。俳句の裾野は広いほうがいい。

最初で最後のことだが、俳句の〈お弟子〉を一人持ったことがある。カッコ付きの〈お弟子〉であるわけは次に述べるが、この人が、いま言ったような同好者句会の一員だった。当時わが家は引っ越してきたばかり。小学生だった息子の新しい同級生のおじいさんでもあったのだが、そもそもは烏賊をぶら下げてご来訪になった時から始まった。何をどう勘違いなさったものか、「俳句を見て下さい」と粘りに粘られ、ついに感想だけならという約束で押し切られた。律儀に「センセイ」と言われるのには閉口したが、とにかく熱心だった。月に二度くらい栄螺や鯖持参でにわかにお見えになる。若い頃は鳴らした漁師さんだったらしい。

ある日、〈風除〉の題で五、六句並べられた。どうひいき目にみても添削以前の問題である。うーんと唸るしか手がなかった。「センセイならどう作るね」と詰めよられて窮したあげく、〈父祖の地に来て風除にさへぎらる〉と書いて示した。ふんふんと手帳に書きとめていた徳蔵氏、次の句会で得意満面、お出しになったらしい。ところが案に相違して、

「父祖って何だ。祖父の間違いでねえのか」と突っこまれて徳蔵氏、

「父祖は父祖だ。わかんねえか」と啖呵を切って帰ったそうな。後日堂々と「あの句を出しました」といわれて、これはこちらの常識の通用する世界ではないと気がついた。で、だからそれ以来この句は徳蔵氏の作と決めて間違いないのである。

この一対一のささやかな句座は、私がこの地を去るまで三年間続けられたのだった。

死にたれば人来て大根煮きはじむ

下村槐太

大阪の街は交通の便がいい。ＪＲはもちろん、私鉄、地下鉄が網の目のように張り巡らされ、一輛で走るチンチン電車も健在である。あんまり複雑に便利すぎて、土地勘のない余所者にはなにがなんだか分からないということにもなる。そんな地下鉄の一つに乗りこんで近松と西鶴の墓を見に行ったのは、三月末のいまにも雨の降りだしそうな日だった。大阪での用事が早く片付いて、時間をつぶすためでもあった。

文豪二人の墓は路地を数本へだてて、十分とはかからない距離にある。西鶴の墓は尋常に寺の墓域内だったが、近松の方は塀とビルにさえぎられて、人一人やっと通れる場所にせせこましく建っていた。もともとの寺は移転でもしたものらしい。

帰り道、町名表示に上汐という名を見付けて、聞きおぼえのある感じがした。大通りを駅のほうに引き返しながら、そうだ、織田作之助の生まれたのが上汐だったと気がついた。学生の頃に調べた戦後の無頼派作家のレポートの記憶が頭の隅にひっかかっていたようだ。土地の体臭をいちばん濃く感じさせた作家であったことも関係したのだったろう。

せっかく思い出したのだから、どうせなら織田作の散歩したあたりをぶらついてみようと、そのまま通りをまっすぐ生国魂《いくたま》神社の方角に足をのばした。生玉さんと親しく呼ばれるこの神社の境内には、「菊に出て奈良と難波は宵月夜」の芭蕉句碑もあって、そういえば芭蕉は大阪で死んだのだっけ、おやおや、これではまるで文学散歩を絵に描いたようになってきた、と我ながら呆れた。実はこのあとも、文学・芸能に係わる旧跡は目白押しだったのだけれど、ひとまずこのへんで打ち切って、掲出句へと話を戻す。

作者の下村槐太は明治四十三年、大阪生まれ。明治末年のホトトギス編集人だった岡本松濱が帰阪後「寒菊」を創刊して以来の弟子である。角川版『近畿ふるさと大歳時記』に、

暮春かな生玉前の金魚みせ

がみえる。豊かではなかった生活の合間を縫って、こんなふうに金魚店を覗いたりすることもあったのだろう。生国魂神社の縁日だったかもしれない。句の成立がいつであるかを知らないのだが、のちに俳句に専念する決意で移転した住居も生玉からそう遠くはない。そういえば師の松濱が亡くなった上本町の貸間は、生玉の目と鼻の先にあったという。

俳壇的には不遇に過ぎた師弟だったが、槐太の名は「死にたれば人来て大根煮きはじむ」の一句によって記憶されることになる。昭和二十二年の作。師松濱はとうに亡い。この句を有名にしたのは塚本邦雄の『百句燦燦』だったろう。私もこの本によって槐太の名を知ったのだった。句は人に覚えられることによって自立してゆく。

あの日、神社を出るとやっぱり雨になった。雷鳴。通りを人が駆けてゆく。生活の匂いに溢れた大阪の街を私も走り出した。

夏の山国母いてわれを与太という

金子兜太

名前を聞いただけで人物がまるごと浮かぶ（ような気がする）俳人といえば、この人にとどめをさす。

秩父・皆野の出身。エネルギーの塊。ほとんど野人的、と見せながらその経歴は東京帝大卒その後日銀勤務と、典型的エリートコースを辿っている。もっともその大半は組合活動にいそしんだらしい。

戦後の俳句史における社会性俳句、前衛俳句と呼ばれる一時期の印象が、青白いインテリ臭に終わらないのは火の玉のようなこの人の存在が大きい。金子兜太。本名である。

昭和のはじめ、少年期の兜太をはぐくんだ山国秩父がどんなところであったかは、彼自身の文章によってなまなましく感じることができる。そのひとつ、随筆集（彼の言葉でいえば文章集）『兜太のつれづれ歳時記』には、この山国をそっくり体現するかのような人物がつぎつぎ登場して抱腹絶倒、息もつかせぬ面白さで展開する。なかでも「夜長」一篇は特筆もので、これを読んだだけでなんだかわかってしまうような気にさせられるところがすごい。

土俗の匂いのぷんぷんするような土地で、兜太を頭に三男三女を産み育てた母上が掲出句の主人公。これよりずっと以前に、

霧の村石を投《ほ》うらば父母散らん

という作があるが、「山国の秋は霧が深いから、そこは文字通りの霧の村だったが、その奥には老いた父母がいて、相変わらず頑固だったのだ。山国で一生を暮らし、時代にも取り残されると思えば、私には憐れでならない。石でも投げたら飛び散ってしまうほどなのになあ、と思っている」との自解は、兜太の抒情の原質を思わせる言葉である。同時に、肉親とそれに重なる故郷に対する壮年期の認識のありようだったろう。いっぽう「夏の山国母いてわれを与太という」は、すでに初老期に踏みこんだ頃の作品。「霧の村」の思いを包みこみながら明るい肯定へ向かっているのは、彼の自然観――風土観の広がりとも不可分のようだ。

緑濃い夏の「山国」と一体化した母の存在。ここでの「与太」は〈ろくでなし〉とか〈しようのない者〉とかの意味になるのだろうが、かつての前衛俳句の驍将も〈おふくろ〉の前にはかたなしである。幾つになろうと偉くなろうと、永遠に〈おふくろ〉には勝てないのだ。「与太」呼ばわりは母の手放しの愛情そのものだ。このことは、たとえ子供が名声や権力をまとって現れたところで、そんな飾りにまどわされない唯一の存在を教えるものだったろう。年を取ってちんまり縮んだ母の前にかしこまる息子兜太の図は想像するだに愉快である。叱られながら「ああやっぱりおふくろだ」という内心のうれしさ。

この母上は先年、百歳を越す長寿のめでたさを以って亡くなられた。兜太の句、

母逝きて与太な倅の鼻光る

冬の山国母長寿して我を去る

産声の途方に暮れていたるなり

池田澄子

池田澄子の俳句は軽やかである。一見軽やかに見えて、じつは次に来るものがあるのだけれど、ひとまずは作品から。

フルーツポンチのチェリー可愛いや先ずよける
じゃんけんで負けて螢に生まれたの
青い薔薇あげましょ絶望はご自由に

シャンソンを口ずさむような、粋で自由な言葉づかい。愉しげに、弾むように。でも、それだけではない。愉しげな外見に惹かれて繰り返し呟くうちに、別の表情が見えはじめる。フルーツポンチのてっぺんにこれみよがしに飾られたチェリーを愛でながらもちょっと脇にとりのける微妙さや、生れながらに負性を負ってしまっている螢や、絶望そのものかもしれない青薔薇を差し出す行為は、この作者の内にひそむ心理の襞を垣間見させる。

池田澄子の多くの作品が、日常を詠みつつその日常性にひりひりと擦れ合う感触を持ち、その感触にリアリティを与えているのが軽やかな口語文体である。〈感触〉ということを〈違和感〉といえば、より分りやすいかもしれない。たとえば、

産声の途方に暮れていたるなり

丸裸の徒手空拳で、この世の真只中に放り出された赤ん坊。この「産声」は世界に対する違和感そのものだろう。成長したからといって、それが解消されるとはかぎらない。「春風に此処はいやだとおもって居る」の句もまた、外界に対する居心地の悪さ、どうしようもない違和感を示している。こういう性向を、現実の彼女の体験や経歴に寄りかかって理由づけることにはあまり意味がない。これはおそらく生来の体質なのだ。

第四句集『たましいの話』には、

知る限りいずこもこの世立つ蚊柱

短日の扨てと立ちしが世に一人

のように、現在ただいまに在る自分の位置とそのかけがえの無さが言いとめられる。〈違和感〉は世界と向きあう時の根っこだった。この根っこは、自分と他者とを等しく客観化する鍵でもある。しかも事物であれ人間であれ、向けられた眼差がシニカルに傾かないのは、彼女の客観性が自分を特別視しない健全さを保っているからだ。同句集「永き夜のとぎれとぎれの志」の「とぎれとぎれ」も、カッコイイ特別なことには口ごもってしまう気分が仄見える。

だから池田澄子の俳句の言葉は、「茶筒」や「床暖房」や、そこらにゴマンとある生活用語に満ちている。けれどそれらの作品を単純に日常身辺の句などと括ってしまえば、その奥の大事なものを取りこぼすことになる。軽やかな口調は批評精神にほかならない。そして、作品化された言葉は、生《な》まの現実からはるかに遠く、虚構の真実を目指していることを忘れてはいけない。こういう言葉の機能について、もっともよく知る者の一人が池田澄子だろう。

どむみりとあふちや雨の花曇　　芭蕉

楝の花が好きだ。こう言うとまるで古くから親しんでいる花のように聞こえるけれど、見知ったのはごく近年である。

鎌倉八幡宮参道の段葛を抜けてまっすぐ由比ヶ浜へ向かうと一ノ鳥居を過ぎたあたり右手に楝の木がある。遠目に、まるで薄紫の靄がかかったように見えたのがそれだった。

　妹が見しあふちの花は散りぬべしわが泣く涙いまだ乾《ひ》なくに

これは万葉集巻五、山上憶良の作。旧仮名「あふち」は「おうち」。楝または樗の字を当て、センダンの古名という。国文学者高木市之助はその著書のなかで、文芸における風土性について述べつつ、掲出歌を引用して「あふちの花」に言及していた。

もともと関西以西に見られるこの植物は花期が一箇月近くにも及ぶ。〈妹が見たあふちの花はもう散ってしまうのだろう。私の涙はまだ乾ききらぬのに〉という挽歌は、「あふち」の花期の長さを思い合わせるとき、いつまでも尽きぬ嘆きをよりいっそう長い時間として示すものとなる。けれどこのことは「あふちの花」の風土的な特性を知る者にとって感得されるのであって、高木の問題提起は最後に、享受する側の〈風土的体験〉なしに、表現技術がどこまで表し得るのかとの命題に私たちを直面させる。

ここで言う〈風土的体験〉を〈固有の体験〉に置き換えて考えることもできそうだ。長く付き合うことになるだろうこの命題のそれはそれとして、実物の「あふちの花」は私を惹きつけた。帰宅してから、俳句では楝の花をどのように詠んでいるのか調べてみた。歳時記の大部分には、とりたてて楝の花でなくともと思われる句が並んでいて、これは予想通りの結果だったが、さすがに芭蕉は違っていた。

冒頭の句がそれである。

一読して直感的に、なるほど楝の花の実態かとうなずいた。ぼんやり烟る花色が雨を含んでものうく重たく、梅雨の季節の倦怠がただよう。ところが二度三度読み返すうち妙なことに気がついた。「雨の花曇」とは何か。「花曇」は本来桜に使われる語だがここではむろん楝の花曇であってかまわない。それにしても雨でありながら曇天とはどういうことかと註釈書の類をひっくり返すはめに陥った。加藤楸邨は楝の咲く頃の「降りみ降らずみの天候を『雨の花曇』といったものか」と推察し、山本健吉説もこれに準ずる。安東次男は用詞の錯乱を認めつつも「五月雨にどんよりと烟る藤色の夏花の風情を『花曇』になぞらえた」としていた。

一語の解釈ひとつとってもこれだけの違いがある。つまるところ、楸邨には楸邨の、次男には次男の「あふち」の句があるのだ。

理解のとどかないものに対するときは、その現場に立ってみることで何かが見えてくるかもしれない。「あふち」の句が私にとっての「あふち」の句となるのは、来年また楝の花に会うまでお預けということになるのだろう。

猫死んで若布の桶に日がいつぱい

大木あまり

六年前、猫を貰った。我家にとっては五代目である。初代の猫が長生きをして十八年目に死んでから、次もその次も子供のうちに死んで、四代目ははじめての雄猫。あきれるほど元気だったのに、近くの畑で農薬を舐めてしまったらしい。ぽっくり死なれて、予想以上の淋しさにいささか慌てた。次を飼うかどうするか決めかねていたとき声を掛けられて、見るだけの約束で出かけたのだった。

東京と新潟をつなぐ関越自動車道を横切って所沢へ向う枝道の付近に、深い木立に囲まれた地域がある。恰好の猫の捨て場であるらしい。奇特な人がいたもので、それらの猫の餌はもちろん、避妊処置や病気の面倒までみてやっているという。それでも手が回らずに生まれてしまうこともある。二、三十匹もいたのだからそれはそうだろう。

母猫はアメリカンショートヘア。光沢のあるグレーの毛並の優雅な猫である。同じ毛色を受けついだ子猫の中から一番懐《なつ》いてきた一匹を貰うことにして、大勢のお仲間猫にさよならをした。これが、じつに甘ったれだった。片時もそばを離れない。お風呂に入ればお風呂、トイレに行けばトイレ、布団に入れば私の首に巻きついて寝る。これは成猫になっても変わらなかった。

凌霄に猫のあかるき肛門よ　　大木あまり

カイと名づけたこの猫は尻尾が長かった。それをついと立てて歩く姿はなかなかのものだったが、雄であるから「あかるき肛門」の向う側に二つの鈴も目立ちはじめた頃、ビロードのような毛並にも変化が現れた。つまり、母親は貴婦人のごとくだったけれど父親は巷のドラだったのである。

それでも近所ではもてたようで、専用出入口からいつも同じ野良猫が入りこむようになった。はじめのうちは追い払ったが、私たち家の者との間をカイがとりなすような風情をみせる。せっかく侠気《おとこ》を出しているのだから顔を立ててやろうじゃないかということになって、黙認ということに決めた。おどおどした貧相な雌猫である。すっかり居ついてしまって二年、いまではゆったり太って毛艶もみごとな三毛猫に変貌した。

気になることといえば、カイがよく尿を詰まらせることだった。そのつど病院に駆けこんでは「おシモの性《しょう》の悪い猫だこと」とぼやいていたのだ。

七月の末にカイは死んだ。三日間旅行して帰宅すると姿が見えない。夜になって、入口に何かが当たる音がした。上にあがる力がなかったのだろう。両掌を框にかけたまま大きく一と声鳴いて倒れた。腎不全をおこしていたのである。

猫死んで若布の桶に日がいっぱい

この「日がいっぱい」は明るく哀しく空虚だ。動物は黙って静かに死ぬ。私の帰りを待っていたかと思えばせつない。

未亡人になった三毛は、ときどき出入口にうずくまってじっと何かを待っているようでもある。

秋の蚊を手もて払へばなかりけり

高浜虚子

一年中いるはずの動物に季節を定めるのは矛盾した話だが、その動物のどんな時季を選んだかによって、先人の詩ごころがうかがわれるのは面白い。とはいえ、実際の自然に触れる機会がこれほど少なくなってきてみると、歳時記に記された〈自然〉を鵜呑みにしかねない。

たまに、歳時記の季節とは違う発見をしたりすると、あらためて自然の種々相に驚くことにもなる。去年はちょうど立冬の日に、小さな水辺であめんぼうを見付けたのだった。あめんぼうは夏の季語。

今年十二月初旬、図書館まで出かけたついでに、そろそろ水鳥が来ているだろうと、近くの川べりに足を伸ばした。コートがいらぬほどのいい陽気で風もなかった。川面から十五、六メートルぐらいの高さに橋がかかっている。眼下に、鴨が十羽ほど、それに鷺一羽、鶺鴒に鳩まで砂洲に来ているのが眺められた。

さらによく見ようと眼を凝らしたとき、視界をさえぎって、もやもやと小虫が飛びはじめた。日に透けて、時折きらきら光る一センチほどのものだったが尾がすっと伸びている。糸蜻蛉にそっくりだった。少し小ぶりのようでもある。糸蜻蛉を最後に見たのはいつだったろう。けれど、あれは確か草むらや水面すれすれを低く飛ぶのではなかったか。ふしぎな気がして、思わず一匹を捕まえてみた。なにしろ小さい。だが、尾らしきところをよく見ると二本の糸状になっている。はじめて目にする虫だった。

調べようにも、何を手がかりにしていいか分からないとき、歳時記の季節分類はじつに役に立つ。このたびも、まずは冬の部の虫のページから繰った。次、さかのぼって秋。——あった。〈蜉蝣《かげろう》〉。図版入り歳時記というものは有難い。ここで、百科事典の登場となる。特徴的な二本ないし三本の糸は尾毛と呼ばれるらしい。あの光の群れは生殖の群舞であったようだ。本来は秋空を背景に行われるべきものが、今年はいつまでも暖かく、冬にずれこんだのだったろう。

この日は冬萌えの草の根元に小さな蛇を見付けたし、灌木の茂みには蓑虫、果ては藪蚊に刺されて帰ってきた。秋の蚊の痒みはいつまでも残る。

秋の蚊を手もて払へばなかりけり

なんとなく馬鹿馬鹿しい。この句を「秋の蚊」のはかなさと読むことも出来る。だがこのただごとをただごとのまま述べたという趣の、ぬけぬけした図太さにはおそれいる。「手もて」というのも仰々しい。読者こそいい面の皮だろう。たとえば「秋の蚊を払ふかすかに指に触れ　山口誓子」と比べてみるとよく分る。誓子句の繊細な感覚。両句の摑み取ろうとしたものの違い。

近代以後、現在の俳句は虚子のいわゆる〈間の抜けた句〉、〈ボーッとした句〉を置きざりにして、痩せてきてしまったのかもしれない。

永き日やつばたれ下る古帽子

永井荷風

大分その邊を歩いた後、わたくしは郵便箱の立つてゐる路地口の煙草屋で、煙草を買ひ、五圓札の剰錢《つり》を待つてゐた時である。突然、「降つてくるよ。」と叫びながら、白い上ッ張を着た男が向側のおでん屋らしい暖簾《のれん》のかげに馳け込むのを見た。つゞいて割烹着の女や通りがかりの人がばたばた馳け出す。あたりが俄に物氣立《ものけだ》つかと見る間もなく、吹落る疾風に葭《よし》簀《ず》や何かの倒れる音がして、紙屑と塵芥《ごみ》とが物《もの》の怪《け》のやうに道の上を走つて行く。やがて稲妻が鋭く閃き、ゆるやかな雷《らい》の響につれて、ポツリ〳〵と大きな雨の粒が落ちて來た。あれほど好く晴れてゐた夕方の天氣は、いつの間にか變つてしまつたのである。

言わずと知れた、永井荷風『濹東綺譚』の一節。冒頭近く、主人公大江匡とお雪の出会いを導く場面である。夏の驟雨に始まり、秋の訪れとともに終るこの物語は、男女の係わり合いの推移があたかも季節の推移そのものであるかのように描かれる。何かが起こりかけて、そして消える。いや、はじめから何も起こりはしないのだった。ただ、ものごとの移りゆきが書きとめられているばかりである。

『濹東綺譚』を読み返してみる気になったのは、

色町や眞晝しづかに猫の戀　荷風

の色紙に心惹かれたせいだった。

紅灯の夜のにぎわいが嘘のように、往来の絶えた路地の昼。猫の交る低い唸り声が人気《ひと》のなさをいっそう際立たせる。

荷風の小説には隅田川周辺の遊興地が繰り返し出てくるが、彼の眼に映っていたものをひとくちで言い表すなら、この一句で足りるのかもしれない。『すみだ川』『深川の唄』などの作品もまた、登場人物は点景にすぎず、風物と季節こそが主題であるのは『濹東綺譚』の場合と同じである。うらぶれて褪せた風景、それがそっくりそのまま人生の姿でもあるのだろう。

荷風が『深川の唄』を書いた明治末頃、日比谷方面から永代橋を渡って川向うへ出るのは電気鉄道でのんびりしたものだったろうが、今は地下鉄であっけなく着いてしまう。五月初旬、深川芭蕉記念館に出かけたついでに、富岡八幡、深川不動へ足を伸ばした。門前仲町大通りから不動堂への路地はせんべいや佃煮の小店が並び、右に左に気をとられながら歩くうち、ぽつりぽつり降りはじめた。本堂に上がると同時に篠つく雨。荷風にたたられてしまったようだ。

「色町」の句は「自選　荷風百句」所収。この中に

自畫像

永き日やつばたれ下る古帽子

があり、「自嘲」の前書をもつ芥川龍之介の「水涕や鼻の先だけ暮れ残る」と比べるとき、両者の孤独の質といったものを考えさせられる。「古帽子」の下には、変わりゆく世のありさまを見送る顔が残されたのだったろうか。

傷舐めて母は全能桃の花

茨木和生

作者を知らぬまま、もしくはすっかり忘れていながら、折にふれ口をついて出る句がある。

　傷舐めて母は全能桃の花

これがそう。ずいぶん長いことこの句とは付き合っている。

小さな子供はちょっとした怪我をよくするもので、そのたびに母の出番ということになる。薬の必要もないときには、おまじない〈ちちんぷいぷい〉。詳しくいえば、このあと〈御代のおん宝〉とつづけて、フッと息を吹きかけておしまい。今どきは〈いたいのいたいの、とんでけ〉と言うのだろう。すこし大きな子なら少々の切り傷や擦り傷は自分で舐めて、遊びに戻ってゆくが、経験にとぼしい幼児はひたすら「お母さーん」となるわけだった。

私にも覚えがある。五、六歳の頃だったか、遊びに行った海岸で、転んだ拍子にこまかい砂が目に入った。目薬の用意もなく、水筒の水をタオルに含ませて目に当てたのだが、ますます痛くなるばかり。そのとき不意に母が、私の瞼をひっくり返して目玉を舐めた。文字どおり「舐めた」のである。これにはびっくりしたが、痛みは嘘のようにとれた。砂粒は舌に付いて出たらしい。そして、お母さんはエライ、と思ったのだ。

いつか自分が母親になったら是非ともこれをやって、エライ、と思ってほしかったのだけれど、家の子どもたちは私ほど軽率ではなかったようで、おかげで私は自分の子どもの目玉の味を知らない。いずれ孫でも出来たら一度やってみたいものだが、過度に清潔主義の社会になってしまった昨今、そんなことをしたらさぞヒンシュクを買うだろう。寄ってたかって、やれ口内細菌だのウイルスだのと言いかねない。たしかに野蛮には違いない。考えてみれば、これは母子ともに健康であってこその話である。

掲出句、「たいした怪我じゃない。もう大丈夫。さあ、遊んでおいで」という声が聞こえてくるようだ。健やかな母と子の日常を桃の花が祝福している。ここでの「傷」は、観念的な心の傷をさしているのではない。もちろんそのことは遠くからひびいてくるとしても、句のおもてに表れているのはいきいきした実体であるのが嬉しい。

肉体をくぐっての実感にはきれいなだけではない素朴な力強さがともなう。そういえば茨木氏の初期作品には排泄・糞尿に関するものが幾つも見られた。その点に言及したどなたかの文章を目にした記憶もある。現在の茨木氏は古い季語の見直しに力を入れておられるようだ。その見直し方が情緒的でなく、実感を尋ねる方向と感じられるのは、氏の内にある野性によるのかもしれない。

言葉の根っこを探ることは、言葉の持つ力を探ることでもある。発掘された古語はたとえ復活することはなくとも、使われていた時代の暮らしに思いを導き、ひるがえって現在の言葉を考えてゆく手がかりになるに違いない。

秋の淡海《あふみ》かすみ誰にもたよりせず

森　澄雄

奈良の高畑に、志賀直哉が『暗夜行路』を完結した当時の住居が残っている。知ったふうに書き出してしまったが、じつは春日神社の鹿苑で鹿の角伐りを見たあと裏手の小径を歩いていて行き当たったのである。その辺りまでは来る人も少ないのだろう。ふと懐しい気持がして門をくぐった。北側に面して書斎がある。中には入れないが窓が広く開けられていて室内の隅々まで見わたせる。窓際には木製の両袖机とオリーブ色の天鵞絨の椅子。内緒だけれど、窓越しに手を伸ばしていちばん上の抽出しを引いてみた。むろん中はからっぽだったが、ひところ青いインクをこぼした染みがあって何かリアルな気がした。

拝呈　御令息御死去の趣き新聞にて承知誠に悲しく感じました。前途ある作家としても実に惜しく、又お会ひした事は一度でありますが人間として親しい感じを持つて居ります。不自然なる御死去の様子を考へアンタンたる気持になりました。

御面会の折にも同君帰られぬ夜などの場合貴女様御心配の事お話しあり、その事など憶ひ出し一層御心中御察し申上げて居ります。同封のものにて御花お供へ頂きます。

二月二十四日

小林おせき様

これは昭和八年二月二十日、特高の拷問によって死んだ小林多喜二の母に宛てた志賀直哉の手紙である。

志賀が高畑に住んでいたのは昭和四年から十三年だから、この手紙もこの書斎で書かれたのだったろう。多喜二の死は一般には政治的な事件だがそれとは別に、息子の死を悲しむ一人の母に対する文面として、簡潔ななかに思いやりが滲んでいる。ここには彼の人柄がくっきりと表れている。

多喜二の死からほぼ四十年ののち、志賀直哉の葬儀が青山斎場で行われた。葬儀委員長は里見弴、友人代表武者小路実篤。静かな雨の日で、廊に近く佇んでいた水上勉と、肩先にかかる雨垂れを落ちるがままにしていた吉行淳之介の姿が忘れられない。先輩である文豪の死を悼むというより、一つの時代の精神が失われたことを惜しむかのようだった。

志賀邸を出てしばらく、あの青インクの色が瞼を去らなかった。手紙とは難しいものだ。相手があるからこそ難しい。では、特定の相手をさだめない便りというものはどうだろうか。啄木の「誰が見ても／われをなつかしくなるごとき／長き手紙を書きたき夕」は誰にともなき人恋しさを詠っている。

森澄雄の掲出句は、芭蕉の「行春を近江の人とおし《を》みける」を胸裡に置いたもの。昭和四十七年、師楸邨一行とのシルクロードの旅で一句も成さなかった澄雄はひたすら芭蕉の「近江」の句を思い浮かべていたという。同年冬から、憑かれたように近江の旅を続けるようになった彼の『浮鷗』〈湖国〉中の一句である。「たよりせず」とは人恋しさの極みにほかならない。

大津絵の筆の始めは何仏《なにぼとけ》　　芭蕉

京都大文字の送り火があった翌日、東京駅をゆっくり発って大津に着いたのは夕方だった。琵琶湖疎水べりを三井寺方向へ走ってもらっていたタクシーの中で、「昨日の大文字にいらしたのですか」と聞かれてはじめて、そうだったのだと気がついた。家では七月にお盆を済ませてしまうので八月は何ということもない。旧盆であるのを忘れていた。そういうことだったら昨日から来て京都に一泊すればよかったと思ったが、あとのまつり。この〈あとのまつり〉はその夜の宿でも崇った。

三井寺に隣り合う円満院で精進料理付きの宿泊、というのが予定だったのだが、いざ着いてみるとばかに閑散として人気《ひと》がない。出てきてくれたのは作務僧、というより執事という雰囲気の普通の服装の人であった。今日は盆休みで出払っておりまして、と挨拶しながら案内された座敷は宿坊にしては立派すぎるもので、さて何十畳あったか、二人で泊まるには身の置きどころに困るほどの広さである。ここに寝るのかと思ったとたん頭に浮かんだのは、

佐渡ヶ島ほどに布団を離しけり　　櫂　未知子

だった。布団の距離に困るような間柄ではないが、くっつけても離しても珍妙なだだっぴろさであるには違いない。ともかくも食事が先と、別室に行ってみると向かい合った箱膳には佃煮ばか

り。なるほど料理方も盆休みなのだった。この日はこれで暮れた。

翌朝、料理方がもどってきたと覚しき朝食を済ますと、昨日の執事氏が寺内を案内してくださるという。昨晩は気づかなかったが奥ゆきのある建築のようだった。投扇興をなさいますかと尋ねられて、昔にタイムスリップした気分になった。実物を見るのははじめてである。長方形の台の上に置かれた小さな飾り物のような的――胡蝶と呼ぶらしい――を、扇をとばして落とす。結構こつのいるもので、扇の要への力のかけ方が大事なようだ。平安貴族の優雅な遊びと思っていたが江戸時代から始まったのだとか。「投扇興」は新年の季題にもなっている。

この円満院には先代門跡の蒐集した古い大津絵も展示されており、それらは現代のものよりずっと土俗的で勢いがあって、一つ一つ眺めていると愉しい。昔の大津絵には画師の落款などはないのだそうで、もともとが庶民のもの、道中土産に使われたりしたのだから無名で当然なのだったろう。稚拙素朴が値打ちである。

大津絵の筆の始めは何仏

本来、民衆のための仏画にはじまるものだったことを思いださせてくれるのが芭蕉の句。曲翠宛書簡に出る。しだいに戯画となって、画題として知られるものに鬼の念仏、藤娘、座頭などがある。この句の季題は筆始。

初秋に出かけた近江で二つの新年季題に捕まってしまって、この日私の句会の成績はさんざんであった。

へろへろとワンタンすするクリスマス　　秋元不死男

七面鳥（おおかたは鶏だが）にもケーキにも無縁のクリスマス。商店街の一角か路地裏か、安っぽい中華食堂の片隅で一杯のワンタンを啜っている男。労働のあとなのだろう疲れた背中がわびしい。昭和二十年代、クリスマスの一風景。

この句を含めた句集『瘤』は作者秋元不死男にとって特別なものである。昭和二十五年刊。二十一年から二十四年までの作品三百六十五句を収める。

戦時中、国家による弾圧を受けた新興俳句の、いわゆる俳句事件によって不死男・当時の東京三は未決二年余の獄中生活を送っている。〈特別〉とはそのことに係わるが、句集後書に不死男は、

この句集は、いはゆる俳句事件に関係ある句と、然らざるものとに二分し、後者の配列を四季に分けた。牢と獄中句の大部分は、あとで作った回想句であるが、獄中句のなかには、若干その場で作ったものもある。これは獄中で求めた紙石版に句を書きつけ、記憶しておいたのであった。

と、構成と句の成り立ちとを述べている。

上掲句は二十四年の作。同じく検挙された師嶋田青峰を失い職を失って事件の記憶は癒えぬものだったにせよ、戦後山口誓子の「天狼」に参加、再出発の場を得てのちの句である。

あらためて『瘤』を通読してみると、前半と後半との間で、獄中生活という題材以外に大きな違いは見出せない。それを不満とする立場としては山本健吉の、

自分を囚えたものに対する激しい憤りも、自由へのあこがれも、あるいはまた己れの限界状況への思索も、なんら打ち出されていない。

ということになるのだろうが、それはそれとして頷きながらしかし、尖鋭的思想家でもない一庶民が突然、訳も分からずお上によって牢に入れられるような目に遭ったとき、どうなるものだろう。「物に即した生活諷詠」は、「限界状況」の己れを維持できる唯一の方法かもしれなかった。そして不死男はもともと「物に即す」名手である。

降る雪に胸飾られて捕へらる

『瘤』冒頭の句。明け方、連行されて一歩外へ出ると雪。たちまち胸の辺りに二、三片降りかかったものか。「飾られて」が切実。もう一句、後半部から抽く。

鳥わたるこきこきこきと罐切れば

擬音を効果的に使うことで定評のあった不死男の代表句。前出の「へろへろ」がワンタンの形状と喉をすべり落ちる感覚、さらにはうらぶれた男の姿そのものにまで重なるように、ここでの「こきこき」の擬音は罐詰の質感と音の響きが、鳥渡る空との対比遠近を際立たせる。

物に即した具象性が個人的生活描写を越えて普遍にとどいた秀句を不死男は既に第一句集で持っていた。

子を殴《う》ちしながき一瞬天の蟬

浪速女の十日戎の土産かな

高浜虚子

用事のついでに足を伸ばして知らぬ土地を歩いてみる。最初からわざわざ出かけていくのは億劫だが、〈ついで〉というのは気軽なものだ。目的をもたぬ有難さで気の急くこともなく、人さまの庭の樹木を見上げたり、寂れた祠にちょっとお辞儀をしたりしながら道を辿る。とりたてて変わったものの無いほうがむしろいいくらいだけれど、そうはいっても珍しい物や事柄に行き当たれば、たちまち野次馬根性が出てしまうのが我ながら少し情けなくもある。

松の内も過ぎた十日、大阪で人に会う予定があって出かけた。約束の夕方までには大分時間がある。難波駅で、さてどうしたものかと沿線案内を眺めていると〈初戎《えびす》〉という文字が目にとびこんできた。さっきから笹を持った人と擦れ違っていて、何だろうと思っていたのだが、途端に気がついた。「商売繁盛、笹もってこい」というのは、さてはこれではないかしら。囃し言葉か売り声か知らないがこの文句には覚えがある。目当ての今宮戎神社はここから一駅であるらしい。これを逃す手はないと、南海高野線に乗り込んだ。窓から見える線路沿いにずらりと出店が立ち並んでいる。なんだか面白くなってきた。

思いついて近くのコンビニで使い捨てカメラを買ってから境内に入ると、そこはもうぎっしりの人人人。社殿の横では、烏帽子を着けた娘さんたちがお札でも売っているらしかったが、お札に用はない。人混みに押されるままに進んで、型通りお賽銭を投げて脇に退くと、社人の一人が笹を渡してくれた。嬉しく受けとって、人波と一緒に狭い境内の裏口を抜け、出店を覗きながら歩きだした。一駅歩くつもりになってふと周囲の人に目を遣ると、私の笹だけがなんだか淋しい。よく見ると、みんなの笹には造りものの鯛や小判や俵やらが重そうにぶら下がっているではないか。のっぺらぼうの笹は私ひとりである。すっかりきまりが悪くなってどうにかしたいと思うけれど捨てるわけにもいかず、とりあえず二つ折にして旅行バッグに押し込んだ。

数日後、帰宅してから祭事事典をひらいてやっと事の次第が呑みこめた。あの烏帽子姿の娘さんたちはお札を売っているわけではなく、福娘といって、縁起物の鯛や小判などの飾り（もちろん有料）を付けてくれる役なのである。つまり肝腎なことを取りこぼして帰ってきた訳で、これではまるで『徒然草』の石清水参詣の失敗譚〈先達はあらまほしき〉を地でいったようなものだ。

さて、のっぺらぼうの笹の顚末はというと、あのとき出店の一軒で飴を買いながらそこの軒先にそっと挿しこんできたのだった。飴屋さんはあとで首を傾げたことだろう。私は私で、えびす様の福の恩恵にはあずかれず、どうやら今年一年お金には縁のないことになりそうである。掲出の虚子の句にならえば、さしずめ〈東女の十日戎の空《から》土産〉となるところだろうか。やれやれ。お金はともかく俳句の貧困をかこつことになったらどうしよう。

鶯に蔵をつめたくしておかむ

飯島晴子

何も書かれていない原稿用紙を前にして立ちすくむ。もちろん座っているわけだけれど、気持は文字通り棒のように突っ立ったままだ。枡目の白さがやたらに眼を射る。

俳句の場合は十七字の空白の一行だが、初めの一語を発するつらさに変わりはなく思えた。

はじめてお邪魔した句会は個人宅での五、六人の会であった。すべて席題である。季語もあったが、漢字一文字だけの出題も多かった。今在る季節の真只中、つまり当季で詠むということにはあまり関心が払われなかったような気がする。のちになって知ったのだが、このことは結社によっては許されないらしい。そういえば、年嵩の先輩の幾人かは当季の風物にポイントを合せて作句していたようだった。初心の私はひたすら想像に寄りかかって、それ以外の方法を知らなかった。何の変哲もなく手近にある現象が文学（らしきものであったにせよ）の言葉になるなどとは思ってもみなかったのだろう。

ともあれ散文の叙述とは違う短さで、しかも〈題〉という入口を示されて、自分の中で何かが少し動いたような気がした。それでも季題・季語というものを面白く感じられるようになったのはかなりあとである。

ずっと有季の立場で句を作ってきて、同じ自然の中の一事物として自分を捉える視点が生まれたのは大事なことだったと思う。立場が違っていたとしてもいずれはそうなったかもしれないが、もうしばらく時間がかかったのではなかろうか。それにしても一句の中で季語を生かす厄介さはまた別の話である。

表現の言葉としての季語を考えるとき、加藤楸邨がいくたびもシルクロードに赴いたのを思い出す。異質の風土・季節感に身を置くことで、狎れ合いの言葉を厳しく排そうとした楸邨は彼の地《か》でどんな言葉を得たのだったか。生《な》まの自然を表す季の言葉と、詩語として長い歴史をくぐった季の言葉のせめぎ合い。

「俳句のなかで〈季語を生かす〉ことに苦労」していたという飯島晴子は、「季語というものは、ナマの自然の怨みを封じこめて成立している。封じこめているちからと、封じこめられているものとの葛藤が、有季俳句作者にとっての仕事のしどころであろう」と述べていた。

上掲句にかぎらず、晴子の句は解説を峻拒して立っている。敢えてものを言えばおかしなことになる。実物とは違う古典様式的な鶯、そして寒色のイメージということは作者の自解にあるが、ここから〈開かずの間〉の昔話を想起することだって出来る。禁を破って開けた部屋には鶯がいるきりだったというあの話だが、つまりは各自の想像を膨らませればそれでいい。

晴子の「鶯」の句の後、鶯と冷気とを結びつけた俳句をときどき見かけるように思う。鋭敏な俳人たちに、晴子の〈鶯〉が詩語として知らず知らず受け継がれはじめたのかもしれない。

この句が古くからの季語にまた一つ新しい性格を付け加えたように感じられて、忘れがたいのである。

街角のしいんと風邪の予感あり

髙柳克弘

流氷を見に行こうと誘われた。三泊四日。最初の日と最後の日の二回、場所を違えて砕氷船に乗るのだそうな。特別企画のツアーだとかで白鳥を見て丹頂鶴を見て、蒸気機関車で雪原を走り、夜は花火、あげくは熱気球にまで乗りこむという。頭が痛くなりそうな盛り沢山の内容にたじたじとしたのだけれど、相棒は三十数年前せっかく北海道に住みながらとうとう流氷を見られなかった恨みが甦り、ほかの何を削っても流氷だけは見るのだと固い決心だった。ついに引きずられて同行するはめになったが、私にとっても流氷ははじめて。そこで思い出したのは、

流氷や宗谷の門波荒れやまず　　山口誓子

の一句だった。当時新しい素材を果敢に開拓した誓子には北海道という風土の影響は大きかったようだ。

誰もがたちどころに思い出す一句というのもすごいものだけれど、今回は思い出したからといって流氷のイメージが鮮明に結ばれることにはならなかった。

俳句において言葉はさまざまな働きかたをするわけで、そこがとても面白いのだが、作品によってはその言葉が示す実物を知っているほうがいい場合と、むしろ知らないほうがいい場合とが私にはある。これは人の句を読むときにも作句のときにもいえる。そしてこの誓子の句からは、

ただ一つの情景が一枚岩のように立ちはだかる印象が大きい。単純簡明な景。この句の場合は実見することが句の世界を膨らますだろうと思われた。このとき対照的に浮かんだ別の句がある。

雪解の街白鯨を見に曲りけり　小檜山繁子

ここには「流氷」を意味する言葉は一つもない。せいぜい春まだ浅い「雪解」の季節が重なりあうかというくらいのことである。句の成立事情も場所も何も知らないのに、私はこれが北欧のどこか、白夜の仄明るさや氷の海に閉ざされるような街という勝手なイメージに支配されている。これは日本的な湿潤さが皆無であるせいだろう。見たこともない「流氷」のイメージは、この句の背後から拡がってくるのだった。

言葉の働きの不思議さを思うのはこういうときである。もちろん受け手の側の問題を抜きにすることは出来ないが、とりあえず、それぞれの句がもたらす言葉の揺れの違いは刺激的だった。

こうして、ようやく流氷を見る意欲が高まったというのに、ひどい風邪をひきこんだ。予定までに日数はあとわずか。焦っても咳は出る、涙は出る。風邪というのはちっとも美しくない。嘆いているさなか、こんな句に出会った。

街角のしいんと風邪の予感あり　髙柳克弘

さっき北欧のどこかの街のようだと言ったが、恣意的な鑑賞をこちらにも敷衍してみたくなる。蒼白い薄明りを感じさせる石畳の街角。ひんやりした静謐さ。こんな綺麗な詩情を表現した作者はこのときまだ二十代。

階段が無くて海鼠の日暮かな　橋　閒石

階段が無くて海鼠の日暮かな

不思議な句だ。

「階段が無くて」と「海鼠の日暮かな」の間にある空白。深淵といってもいいほどだが、この句を読む者はここにどんな橋を架けわたすのだろう。従来目にしてきた鑑賞は、この間隙を埋めるのに七転八倒身悶えをしているようでもあった。にもかかわらず、ものを言ってみたくなるのはそれほど魅力的だという証であるのだろう。実作者の鑑賞はおのずから自己の作風に引きつけた俳句観が浮かび出て、それもまた面白い。

一筋縄ではいかないこんなヌエのような句は、人知れず時折眺めて楽しんでいればいい。閒石先生、これはいったい何なんでしょうね、ずいぶん不親切じゃありませんか、と。

最近、この句の成立時の状況をどなたかの文章で見かけた。実際に階段の無い場所と海鼠とは同時にあったようだ。それにしても、である。作品中で階段とは室内か外か、海鼠は生きているのか料理なのか、それすら理解する手立てはない。前後に説明する何の脈絡もないままの構文を、平然と放り出す精神構造のほうがよほど不思議である。

橋閒石氏は英文学者である。しかも俳諧にたっぷり身を浸して、連句に練達の人であった。

俳句は子規によって発句から独立して一句立ちの道を歩んだわけだが、旧派の俳諧を出自とする閒石氏に、蕪村について触れた次のような文章がある。

……たとえそこにはしばしば近代詩にかよう匂が豊かであろうとも、それに眩惑されて、俳諧文学の底を流れるさまざまな水脈を見失ってはならない。（「俳諧余談」）

俳諧の「さまざまな水脈」を栄養にして培われた氏の作品が古臭さとは無縁の新鮮な面白さを見せているのは、

銀河系のとある酒場のヒヤシンス

によってもうかがわれるだろう。視点の置きかたや素材に、こだわりがなく自在である。

さてそこで掲出句に横たわる間隙に話をもどす。

ここでは「階段」も「海鼠」も具体的な情景を持たない。閒石先生に、ずいぶん不親切と異議申し立てをしたわけなのだがふと、連句というもののありかたを思う。仮りにこれが発句であって、情景が残る隈なく言い尽くされていたとしたら、次に続ける脇句は手も足も出ないことになってしまうのではないか。付けるためには想像の余地を残しておかなければ移りの楽しみはなくなる。「階段」が無いのは漁師小屋であっても天への道程であっても構わない。「海鼠」だって同じこと。海鼠桶で氷っていようと酢海鼠にされようと、前句を受ける者の腕次第。

連句ならば連衆によって拡げられ充塡されていく景が、一句のみで示されているために、読者は付句に代わるものを自前の想像力で補うほかはない。わが想像力を試されているようで、私にとっては手強い一句である。

雪の日のそれはちひさなラシャ鋏

中岡毅雄

子供の頃は東京でも雪が多かった気がする。住んでいたのは東京といっても西のはずれ、多摩川をへだてて橋向うが神奈川県というあたりだったから、近辺には畑もまだ点在していた。雪晴の朝は畑がいちめん光の絨毯となった。

わが家の右隣は竹藪で境の垣根の根元にはゲンノショウコがびっしり生えていたりした。ここには間もなく家が建ち、竹藪もゲンノショウコも跡形も無くなってしまったが、記憶のなかに花の紅色がやさしく染みついている。

ところが大人になって気がつくと、ときたま見かけるこの花が例外なくみんな白い。さては記憶のほうを修正すべきかと自信をなくしかけていた矢先、山梨県塩山駅近く甘草屋敷と呼ばれる薬草園で、紅色のこの花を見付けた。ものごとというのは不思議なもので、一つ結び目がほぐれると、つぎつぎにほぐれていく。そのあと図鑑で、東日本では白花、西日本では紅花が主流というのを知った。それまでは調べていても目に入ってこなかったのである。無理を言って一株分けてもらったゲンノショウコはしだいに増えて、今年は鉢をはみ出して花をつけている。

寄り道をしてしまった。雪の話である。

戦争が終わって七、八年が経っていたが、畑を抜けて小学校へ続く道の途中に、かなりの広さの焼け跡がそのままになっていた。崩れかかった煙突や焦げた煉瓦の山の間に雑草が茂り、雨が降れば水溜りがあちこちに出来て、季節を問わず子供たちの恰好の遊び場だった。

姉が四年生のときだったろうか。その日は前夜積もった雪に日が当たって、家の内外が一日中きらきらしていた。

友達と遊んでいたはずの姉がまだ早い時間に、なにかしら、しんとした感じで帰ってきた。そろそろ夕食がはじまるかという頃になって、父と母それに祖母が加わって、にわかに騒然とした。抱えられるように出ていった姉が帰ってきたのは二時間ほどしてからだった。薄暗い玄関に白い包帯が鮮やかに目に入った。

例の焼け跡で雪すべりをして変な具合に手をついたらしい。家を出る前に、今日は雪が凍って危ないから焼け跡に行かぬよう注意されていたのに内緒で遊んでいたことが胸にこたえて、手の痛みを言い出せずにいたのだった。怪我は右手中指。第一と第二関節の間がぽっきり折れたのだという。いまでも姉の中指は薬指の方にいくらか曲がっている。雪が降ると、このときのことを思い出すのだが、次のような雪の日もある。

雪の日のそれはちひさなラシャ鋏

外は雪。室内には小さな小さなラシャ鋏が夢みるように置かれている。世の中のすべての佳いもの美しいものが、ここに宿るかと思わせる可憐さ。この幸福感。

あのとき、戻ってきた姉の包帯にくるまれた小さな手とこのラシャ鋏が私にはいつか重なって見えてくる。

日蝕の風吹いてゐる蓬かな

大峯あきら

この句のもたらす印象を、さてどういえばいいのだろう。私はしろじろと乾いた骨の色を連想したのである。我ながら妙な連想だと恐縮してしまうけれど、作品から受ける非日常的な、或る抽象性によるものだったろう。

月に蝕まれた日の光は輝きを失い、あたりを白っぽく均一化するようで、それは蓬草の産毛のような灰白色とも通い合う。この世でもないあの世でもない場所というものがもしあるなら、こんな景色ではなかろうかと思わせられるのだ。ここでの「風」は季節の温度を感じさせない。ただ何ともいえぬ気配だけがたちこめる。

大峯氏の師事した高浜虚子には、

風が吹く佛來給ふけはひあり

があって、こちらは一陣の風といった趣だが、大峯句では「吹いてゐる」とあるとおり、風が止むときはない。「風」そのものが問題なのではなく、一句の世界を統一する言葉として機能している。

日蝕という現象は年二、三回起こるらしいが、観測できる地域はきわめて限られるという。小学生の頃、日蝕が始まるというのでクラス全員、手に手にセルロイドの下敷を持たされて（太陽を直視しないためである）、校庭に出たことがあった。刻一刻と削られていく太陽を下敷越しに眺めつつ、そちこちでさざめく声を聞きつつ、ふとあたりを見回したとき自分が不思議な薄明の中にいることに気がついた。それは何という心細さだったろう。かれこれ六十年あまりが過ぎて、天体現象の不思議さを理屈で説明する知恵はついたけれども、あの奇妙な気分を言い表すすべはなかった。

「日蝕の風吹いてゐる蓬かな」と呟いてみて、あの日の白っぽい風景がふたたび周囲に広がるのを感じる。このような景のなかに立たされたら、人間の生《な》ま身は雲散霧消してしまうのではなかろうか。

掲出句から呼び起こされた記憶と句の印象を重ね合わせて、言葉を連ねてきたが、この句が収められた句集『宇宙塵』のあとがきを改めて読んだ。

……万物はみな生滅する塵として、宇宙という場に存在することをゆるされ、宇宙の力に貫かれて生かされているわけです。

「生滅する塵」。冗言を費やす必要はなかったのである。作者自身がすでに語っていた。あとがきはさらに「私を映してくれる宇宙の愛に応えて、私の方からも無心に宇宙を映したい」と続けている。〈感覚することと思索することの合一〉を求めてきた氏に、次のような作品がある。

餅配大和の畝のうつくしく
雲長くなれば夕べや山の秋
一瀑のしづかに懸り山始

松は知の謐《しづ》けさに冬来たりけり　友岡子郷

二月二十五日、飯田龍太が亡くなった。八十六歳。かつて俳壇に衝撃をもたらした「雲母」終刊から十五年近くが経つ。

ニュースを聞いて反射的に友岡子郷氏のことを思った。いわずと知れた龍太のお弟子の一人だが、故福田甲子雄、廣瀬直人といった子飼いの人々とは異なり、「青」の波多野爽波門を辞して龍太の弟子となった人である。当時「青」のホープ、将来を嘱望されながら「雲母」に転じた経歴を不思議に思っていた。いまでこそ、結社を移るのはさして珍しくないが、この当時しかも既に名のある位置にいて、別の師につくのは相当の勇気と覚悟がいることだったろうと想像する。周囲との波風もあったに違いない。それを押して駆りたてた熱意がどういうものだったかは、いずれ作品が証していくのだろうと思われた。このとき三十四歳である。

しばらく相寄らず冬日にけぶる友

離反あかるく冬水に映るもの

などは、その間《かん》の事情を背後に負うと推察される。「あかるく」とは己れへの鼓舞であったろう。

柳散る直路直歩のかなしみ湧き

に龍太の鑑賞がある。「説明できない部分を作者と共に頷き合うのが詩の享受であろう」との前置きのあと「この〈かなしみ〉という一語は、黙して頷くより外に手だてはないのではないか。私は読者であることを忘れて自らの足音をこの作から聴く」。子郷氏にとって、全幅の信頼を寄せるに足る言葉であったに違いない。『飯田龍太全集』鑑賞篇にはほかにも、

走馬燈草いろの怨《をん》流れゐる

皓として臥すのみの父野分中

白日のなかへ入りゆく鰆船

が掲げられ、それぞれ「感覚と情念の沈痛な把握を無言で言い止めた」、「感傷を抑えた剛直な把握」、「鮮烈な描写」との評を得ている。

「雲母」終刊以後、師の無言の存在を受けとめてきた結実の一つに著書『飯田龍太鑑賞ノート』がある。子郷氏は、龍太の句には眼前の事物や出来事のなかに記憶が重層している、つまり「作品は一回限りのものにちがいないが、その一回の内部に何回もの経験が秘匿されている」と印象的に述べている。作品に深く心を寄せなければこういう理解は生まれない。そしてこのことは「ゆくりなく己が耳目にふれたものは、必ず己が内なる求めに関りがあるにちがいない」との言葉とも響き合う。

頭掲句は句集『雲の賦』悼尾近く置かれた作。

歳月の重みを黙って身に耐えてきた静けさそのものの姿である。「知」とは冷徹なものではない。ゆたかな感情を内部に湛えて静謐なのだ。人間の世においてもまた。この松の姿こそ作者の希う境地にほかならないのだろう。

大原や蝶の出て舞ふ朧月

丈草

その日は宇治に泊る予定になっていた。とりあえず京都市内に入ってしまってもよいけれど、せっかく大津まで来ているのだから琵琶湖をゆっくり眺めたっていい。琵琶湖には恩がある、ふと呟いておかしくなった。歌の話なのである。

当時、といっても数十年前、大学卒業を控えて学生達が落ちつかない気分でいたころ、卒論の提出先である教授を囲んでの意見交換会があった。十五、六人ぐらいだったろうか。お酒が好きで賑やかなことの大好きだったM先生は、「二次会に来た者は〈優〉ですよ」と言って笑った。一人の欠員もなく神楽坂の鳥料理店におさまった一同は、端から歌をうたわされ（カラオケなど無い頃である）、窮した私が選んだのが〈琵琶湖周航の歌〉だった。一番の歌詞を歌い終えたとき、「僕はボート部だったんだ」とM先生は立ち上がり、二番の大合唱となった。丸っこく小さな身体のM先生がボート部とは思えなかったが、私はめでたく〈優〉を貰った。せっかく付き合ったのに、とぼやいていた友人もいたから、全員が〈優〉を貰ったわけではなかったらしい。私の〈優〉はあの歌のせいだったのだろう。「明日は今津か長浜か」という歌詞の一節を思い出すたび、まだ見たことのない琵琶湖へいずれ行ってみようと思っていた。

近江膳所、ＪＲ駅の近くに竜が岡俳人墓地と呼ばれる低い丘がある。芭蕉の弟子、丈草の墓がここにある。彼が住んだ庵もこの辺りにあったと伝えられ、丘から見下す湖水の眺めが美しいと、頴原退蔵博士が書いておられた。もっとも、博士の文章当時から六十年あまりの歳月が経っている。琵琶湖の眺めはいま、どうなっているのだろう。この日、義仲寺の芭蕉の墓に寄ってから竜が岡に向かった。

丈草は尾張犬山藩士の長子として出生。早くに生母を失い、十四歳のとき狂疾として退けられた主君に仕えている。二十七歳で異腹の弟に家督を譲り出家、京都に出る。元禄二年暮、おくのほそ道の旅を終えた芭蕉に入門。師の「寂《さ》び」を、もっともよく受け継いだ弟子といわれる。

うづくまる薬の下の寒さかな

は、死の病床にあった芭蕉に求められて門人たちが夜伽の句を吟じた際、この一句のみ「丈草、出来《でかし》たり」と賞賛を受けたもの。芭蕉死後、丈草は三年の心喪に服し、後にはまた、追悼のための経文を一字一石に写して経塚を建立した。これも同じ俳人墓地にある。経塚建立の翌年二月、四十三歳で没。

「幾人《いくたり》か時雨かけぬく勢田の橋」や「郭公《ほととぎす》鳴くや湖水のさゝにごり」などの秀吟の中でも「大原や蝶の出て舞ふ朧月」は、その風雅の上達を喜んだ芭蕉から、「この僧なつかしと言へ」と言い送られている。この言葉は〈清らかなそして静かな一生〉を送った丈草の人柄をそのまま映しだす「なつかし」さであった。

竜が岡から湖水は見えなかった。昔に変わる家並が湖面を隠してしまったか、曇り日の大気のゆえか、それとも私は見当違いの方角ばかりを見つづけていたのだったろうか。

鎌倉右大臣実朝の忌なりけり

尾崎迷堂

栴檀《せんだん》、というより古名の楝《おうち》、さらには旧仮名で「あふち」と書いたほうが気分にぴったりくるのだけれど、それはともかく今年もなんとか花時に間に合った。鎌倉八幡宮参道の段葛の道を抜けて由比ヶ浜に向かう右手である。入梅の頃だからいつもお天気が気になる。この日は朝からの上天気。今回はもうひとつお目当てがあった。「カヤラン」、榧蘭と書くのだろう。樹上に着生して淡黄色の花をひらく。榧によく似た葉の形をしている。去年はじめて見たのだった。

湘南新宿ラインが開通して以来、鎌倉へ出かけるのが億劫ではなくなった。途中、大船で乗り換える場合でも、池袋から一時間あまりで着いてしまう。少し遠い散歩ぐらいの気軽さになった。連れは大船近くに住んでいるから、この辺りの地理や食べものには詳しい。十食限定懐石弁当というのを二つ抱えて乗りこんできた。

北鎌倉駅に程近い東慶寺はもともと尼寺であったせいか、繊細で親しみ深い庭のしつらえである。ひととおり眺めたあと、鐘楼の片すみを拝借してお弁当を済ませてしまう。カヤランはそこから間もない距離の浄智寺境内、樹齢七百年という柏槇《びゃくしん》の枝に宿るのだった。交代で受付に坐っている小母さんも、この花のことは知らない。私のひそかな愉しみである。昨年は四月二十六日だったが、今年は五月も半ば近くになっている。心配は的中して、ためつすがめつ枝をふり仰いだけれど、カヤランは影も形もなくなっていた。一方、楝の花はここを先途の花ざかり。時折はらはらと薄紫の小花が散る。歩道に佇んで見上げている二人連れが訝しかったのだろう、ゆっくり走ってきた車が止まって、花の名を尋ねられたりもした。

引き返して若宮大路を八幡宮へと歩く。途中、二ノ鳥居を過ぎたあたりのわらび餅屋で休憩。いつもはとろけるようなのに今日のは少し固いと、これは連れの話。その日その日の出来映えを一定にするのは難しいものだなどと言っている間に八幡宮源平池まで来てしまった。石段を上れば本宮。その手前に大イチョウがある。あおあおと茂って、今日は明るい印象だけれど実朝が暗殺された健保七年（改元して承久元年）一月二十七日にはいかばかりの暗さであったろうかと、そぞろ背筋が寒くなる。暗いのは景色ではない。謀略怨念渦巻いて夥しい血の匂いのする人間の世が暗いのだった。その集積が歴史と呼ばれる。

母の一族によって、お飾りにすぎぬ将軍にされた実朝は自分の運命への予感からひたすら逃げた。歌を詠み、宋行きの船を造り、名前だけの官位を求めた。死の前年、たてつづけに官位の昇進をみたのち、十二月には右大臣となって、翌一月その右大臣拝賀の儀の帰途、兄頼家の子に殺されたのである。

迷堂句はその忌日を詠んでいる。よく知られた背後の史実を喚起させるだけでよしとした無欲大胆な詠みぶりは、並の俳人にはなかなか出来ないものだろう。棒のような一句である。もうひとつ、岸本尚毅氏に「頼朝のこと思ひつつ実朝忌」がある。

熱砂降る砂漠の薔薇と言ふは石

小池文子

〈砂漠の薔薇〉というものがある。ずっと昔にその名を聞き覚えただけで、どんなものかも知らぬまま言葉だけが記憶の中に棲みついた。分かっているのは植物ではないらしいということだけ。手がかりは〈砂漠〉。摑みどころのない話だった。十年以上も経ったころ、国立博物館にあるそうだと教えてくれる人があった。博物館の展示物だというのなら、多分、鉱物の類ではないか。砂漠の砂が吹き寄せられて、さざ波状に固まったものかもしれない。幾重にもかさなった襞が薔薇の花のようにみえるのだろうか。

博物館には行かなかった。私の想像のなかで〈砂漠の薔薇〉は勝手に咲いたり凋んだりしながら長い時間が過ぎた。

熱砂降る砂漠の薔薇と言ふは石

この句の作者小池（鬼頭）文子は石田波郷の弟子。事情があってフランスに渡ったのち、生涯をパリに過ごした。

これは、昭和四十四年フランスとリビアを往復する生活から生まれた一句。作品だけを見れば何ということもないのだが、望郷の念に揺れる作者を思うとき、「砂漠の薔薇と言ふは石」との認識は、異質の風土を象徴する「石」を眼前にして、異郷に在ることの悲哀の感情を滲ませる。

知らないままに済ませてきたことだったけれど、現在ではインターネットの検索であらかたのことは分かる。〈砂漠の薔薇〉も載っている。水に溶けたミネラルが結晶化したもの、というのがその説明だった。砂漠といえども何処かに水があれば、又は、かつて水があったならば、この〈石の花〉は生まれるのだそうだ。その気になれば簡単に買うことだって出来る。けれど、そうして手に入れたものはもう私の〈砂漠の薔薇〉ではない。文子の想いを誘った〈砂漠の薔薇〉ですらないだろう。観念のなかで膨れあがってしまったこの石のイメージに、もし形を与えられるものなら、それはやっぱり詩歌の中にしかない。そして、ときどきに姿を変える。その一つ、

女児の手に海の小石も睡りたる　　佐藤鬼房

幼い女の子の馥郁たる睡りに、やわらかく握られた小石は海の青さを宿すものだったろうか。いや、それはやはり平凡な石ころであるのだが、この一幅の絵の何という可憐さだろう。剛直な鬼房の句群の中の、これは優しい夢のような場景である。

もう一つ、詩人でもあった木下夕爾には、

林中の石みな病める晩夏かな

がある。昭和二十三年作。敗戦後の暗い世相は片田舎の薬局主人であった夕爾にも、何らかの影を落としていたのかもしれない。林の径を辿りながら、晩夏の鈍い日差しを浴びている大小の石塊に眼がとまる。彼の感情をそのまま映し出すかのような石の存在感である。

現実の〈砂漠の薔薇〉の、それはそれとして、今も私にとってこの石は、可憐な夢であったり鬱屈した感情であったり、姿を変えながら幻でありつづけている。

なつ来てもたゞひとつ葉の一つ哉　芭蕉

一つ葉というのはウラボシ科、つまりシダの類である。一年中緑色で、湿った石垣などにぽつんぽつんと一枚ずつ伸びているのを見かけたりする。まるで誰かいたずらをして羽根ペンを石の間に差しこんだようだ。

これをとりわけ好む知り合いがいて、一緒に出かけた大阪・河内の観心寺では石段の隙間に出ているのを失敬していた。自庭に植えるのだという。この自宅、河内長野に代々住み古りた地主の家で、当代は坊主頭の外科医である。太平洋戦争当時、近衛師団の軍医をしていたのが少しは自慢であるらしかったが、医者の不養生、盲腸炎の傷口から黴菌が入って片脚切断の憂き目に遭っている。もっとも当人のせいではない。入院した大学病院で後輩の医者の見立て違いを知りながら強情我慢、ついに脚一本くれてやったという人。

ふつうなら訴訟騒ぎを起こしかねないのに「狭い土地柄だからね」とただ一言。人間関係もいろいろであるらしい。そういえば河内というところ、河内小説で有名な今東光によると「下劣で、ケチン坊で、助平で、短気で、」とさんざんである。とはいえ続けて「つまりは僕自身に似た人物、それが河内者なんだろうが、僕は彼等を限りなく愛する」と言ってもいるのだけれど。こういう河内者の一人がこの知人である。よそ者には理解しにくい人種かもしれない。新珠三千代という昔の女優さんによく似た内助の妻が亡くなったあと、その姉妹たちに吊し上げられたというのもそんなことだったのだろう。

ついでに先の観心寺は、南朝の武将楠木正成に縁の深い寺。彼の首塚もここにある。正成は観心寺領の土豪だった。彼等一党が根城とした千早城もほど近い山側にある。一枚だけひらりと伸びた一つ葉は、首塚の印象に似合いすぎていた。

「なつ来てもたゞひとつ葉の一つ哉」について加藤楸邨『芭蕉全句』には、

> みつめているうちにその寂しい姿に愛情を覚えてくる。この愛情は自身の姿をしらずしらずのうちに一つ葉の中に感じとったためのもので、こういう愛情が基調となって、その「一つ葉」の名に哀れな興を覚えての発想であろう。

と述べる。自己投入型の作家である楸邨ならではの鑑賞だろう。

この句、とりたてて難しいわけではないが「夏来ても」の五音、声調に伸びやかさのないのが気にかかった。このぶっきらぼうな感じは初期における漢語の破調とは別のものである。そう思って眺めると「夏来ても」は意味の上からも冗漫にみえてくる。ここには仕掛がありそうだった。ふと、〈なつきても〉は〈懐《なつ》きても（馴れ付く意）〉に掛けたのではあるまいかと思われた。一句は、馴れ親しんでも一つ葉は孤りだけの姿を見せているよ、の意を含むことになる。そんな掛詞なら芭蕉はいくらもやっている。同時期の作「またたぐひ長良《ながら》の川の鮎鱠」など〈類《たぐ》ひなからむ〉を〈長良〉に掛けたりしているのだから。

こんな説、誰か言わないだろうか。

その中に伽藍をうつし露の玉

中田　剛

祇園精舎の鐘のこゑ、諸行無常のひびきあり
沙羅双樹の花の色、盛者必衰のことわりをあらはす
おごれる者も久しからず、ただ春の夜の夢のごとし
たけき者もつひには滅びぬ、ひとへに風の前の塵に同じ

よく知られた平家物語冒頭の一節。これに始まる物語の最終章には二つの形式がある。一つは、入水した海から引き上げられた建礼門院の後日譚、もう一つは平家直系の六代御前の処刑で終わる断絶平家と呼ばれるもの。ことに後者の「それよりしてぞ平家の子孫は絶えにけり」の終わりかたには琵琶の弦をブツリと断つような凄みがある。そこから打ち返して先の冒頭に戻ると、この一節に集約された物語の世界観に闇の深さが見えてくる。

さて、掲出句に平家滅亡絵巻を重ね合わせたくなるのは私の勝手な鑑賞である。句の内容としては、露の表面にたまたま「伽藍」が映った、それだけで十分な景に違いない。その上で少し遊ばせてもらうのが読者の愉しみだろう。

連想を誘ったのは「露」の語によるものだった。露の世、露の命、というように儚さの代名詞である。触れればこぼれ、日がのぼればたちまち消える、そんな脆いものだけれど、この球体は

一個の完結した宇宙を思わせる。その宇宙が映し出す「伽藍」は一瞬の幻。平家物語の栄枯盛衰の光芒が「露の玉」にさながら閉じこめられているように感じられたのである。

とはいえ、物語の幻想に一句を引き寄せるのは作者の意に反することかもしれない。もともと中田氏の句の言葉には、ものの質感がくっきりと表れる。〈即物〉と〈抒情〉とは相反して語られる場合が多いが、氏の抒情は即物的把握を手放さない。ムードということからもっとも遠い句作りである。たとえば、「露」のような情感を含みやすい題材を詠むときもその姿勢は変わらない。「露」は好みの季語であるらしく、かなりの数を散見するが掲出句のほか、次のような作がある。

にはとりの声あびてをり露の玉
草の葉や堪へ堪へて露の玉
うづくまる兎にはとり露の中

なかでも第一句はじつに中田氏らしい。意外な言葉の組み合わせが現実感をもたらしている。ここでの「露の玉」は、鶏鳴のひびきに震えるかのような臨場感がある。

〈より単純に、描線のはっきりしたつよい俳句をつくりたいと、いつもかんがえています。内実も大切ですが、言葉そのものの迫力をもとめたいとおもいます〉とは、氏の作句における志向を示す言葉である。一般的にいって、作り手の目指す方向と出来上がった作品とが一枚になっていると感じることは稀である。それほどに言葉の表現はむずかしい。だが中田氏は、それを着実にわがものとして歩んでいる。

梅雨めくや人に真青き旅路あり

相馬遷子

関東も梅雨入りというニュースを聞いていた午後のこと、突然電話が鳴った。これが、最近よく聞く詐欺であった。若々しく、初々しいといいたいほどの青年の声で、まだ馴れていないのだろう、すぐに見破られてしまうような稚拙さである。捨ゼリフに「ばか」と言ったが、それさえ気弱くひびいたのである。欺されかけた腹立たしさよりも、人生を始めたばかりの若者の先行きを思って暗い気持になった。

窓の外では、すももの木が重く茂って雨に打たれている。これから本格的な梅雨のはじまり。うっとうしい季節とはいえ最近は気象の狂いがさまざま報告されるものだから、順調に梅雨の時期が訪れたことにむしろ、ほっとする。自然現象も人間の営みも、知らないうちにタガがずれてきたような気がしている。あっという間にそうなった印象だが、見えないところで少しずつ用意されてもいたのだろう。自然も人も時の流れの中にある。限られた時間のなかで、よりよくありたい、という願いはすでに遠いものだろうか。

梅雨めくや人に真青き旅路あり

作者、相馬遷子は長野県佐久の生まれ。水原秋櫻子に師事。いわゆる「馬酔木」高原派のなかでも、その作風は郷土の自然相と境涯が交錯する独自のものだった。掲出句は第一句集『草枕』

及び第二句集『山国』に収められた初期の作品。医師としての道を歩きはじめた遷子が招集されたのは昭和十五年。句は、そのしばらく前に作られている。

この句の読者は「真青き」に何を思い浮かべるだろう。どこかで「真青き」の語の観念性を指摘した句評を見た覚えがあるのだが、そしてこれが若書きの未熟さであったとしても、旅の景情に人生の幾山河をダブらせて、澄明な志向を示すこの観念の青春性には胸のしめつけられる思いさえする。

遷子が第三句集『雪嶺』で俳人協会賞を受賞したとき、〈この人にはいつも雪の匂いがする〉と言った能村登四郎の言葉は、作品の本質であると同時に、そこに映し出された清澄な精神を言いとめたものだったろう。

掲出句同様、色彩が象徴的な効果を及ぼしている句には、同じ『山国』に、

畦塗に夭くれなゐを流したる

があって、こちらもまた、実景と見るならば夕日の色を想像するが、それだけに限定したくない「くれなゐ」である。大地に貼りつくような労働の姿が自然の中に刻印される。ここでの自然は人と狎れ合うのではなく厳然と存在するものだ。自然を見ているつもりがいつか自然に見られている、と言ったのは山国甲斐に生涯を送った飯田龍太だった。遷子が表現した自然相もこれに通じるのではないか、その先に祈念のように「真青き旅路」が現われる。

遷子がその生涯を閉じたのは昭和五十一年。遺句集『山河』には「冬麗の微塵となりて去らんとす」が残されている。

貧乏に匂ひありけり立葵

小澤　實

ゴッホの同時代にクオストという画家がいる。といっても、この人について何も知らない。この画家の描いた一枚の絵、「立葵の咲く庭」を見たことがあるだけである。農園の一隅だろうか、画面中央に立葵の群落、左側にはやや上半身を傾けて草木の手入れをするような格好で婦人が立っている。全体に淡淡しいタッチで特に際立ったところはなく、ゴッホと比較してみるとき、素人眼にも一流と二流の違いというものを考えさせられる。けれど、好きなのである。ここでの立葵の一群を取り巻く空気、左側の少し身を屈めた女性も含めて、これは私がよく知っている立葵の咲く風景そのものに思われた。

梅雨の前後に咲き始めるこの花は、距離をとって眺めると涼やかな印象がある。近づいて、花びらの一枚をちぎる。付け根をしずかに裂き開いて鼻の頭にくっつけると、鶏のトサカのようにひらひらして、これは女の子たちの遊び。畑の傍らや垣根の際《きわ》などに植えられて、ごく日常的な花だけれど、どこか夢のような気分も漂う。クオストの立葵の絵から私が受け取るのは、いわば日常と非日常が交錯する或る種の感覚である。

それにしてもこの印象は、はるかな記憶の彼方から立ち現われてきた感じで、いつ、どこで見たものと特定できないし、特定する意味もない。強いて言えば、現在に至るまでの折々に眼にしてきた景色の総量なのだろう。そしてもしかすると、詩歌や小説によって育まれた観念の立葵だったかもしれない。

そう思う一つに次の句がある。

蜀葵人の世を過ぎしごとく過ぐ　　森　澄雄

森澄雄は一句の中に時間というものを湛えてみせる作者だがこれも例外ではない。現し身を遠くするような作品である。

この句は私の想像力を押さえつけて、長い間これ以外のイメージで立葵を想うことを拒んだ。別の近づき方もある、と教えてくれたのが掲出の小澤句だった。私に、違う風景が広がった。句は、過去回想の形をとっているが、昭和三十一年長野生れの小澤實氏に、周囲の世界はどんなふうに見えていたのだろう。

ともあれ読者である私にとって、この句が思い出させてくれたのは、昭和二十年代後半、東京もはずれ近くの風景。舗装されていない道路は風が吹けば埃っぽく、点在する畑からは堆肥が臭った。駅に通じる地下道は塵芥や排泄物の悪臭がこもり、傷痍軍人が立っているのも常のことだった。敗戦後の十年、日本はまだ貧しかったのである。人々はひそかに貧しさを恥じ、それは、もの哀しく生活の匂いと結びついている。

恣意にすぎる鑑賞かもしれない。だがこの作品は一見、概念を述べるようにみえながら、読者の個の体験や経験をリアルに呼び覚ます。そして〈立葵〉は背景というより、いっさいの象徴のように立っている。

野を焼くや風曇りする榛名山

村上鬼城

群馬県中部に位置する榛名山は、赤城・妙義と並んで上毛三山の一つとして知られる。郷土の風物に材を取った鬼城の俳句の中で、榛名を詠んだものはほかにも、

榛名山大霞して真昼かな

があるけれど、「真昼かな」の下五に苦労して三年かかったという本人の述懐のそれはそれとして、どちらかといえば掲出句の方が私は好きである。

春浅いころの空気や風、野を焼く煙の匂いまでしてくるようで、情景がこまやかに感じられる。それともうひとつ、生活に結びつく野焼きの景である点が、いまの自分の気分に叶っているということかもしれない。

若年からの耳疾によって、職に志を得ることが出来なかった鬼城が明治二十七年三十歳でともかくも裁判所の代書人となった高崎は、この山から東南の方角に在る。

一方、山麓の上郊村で生まれた歌人土屋文明は当時五歳。高崎中学に入学して以後、文学に傾倒してゆくが、その一因に祖父藤十郎のことがあったようだ。歌集「ふゆくさ」巻末には、この祖父が博徒に身を持ち崩し、獄死していたことを知ったと書かれている。彼は文明が生まれる以前に北海道樺戸で死んでいるが、事実を知ってから三十年近く経った昭和五年、文明はこの地を

訪れている。重い屈託を抱えていた中学時代、国漢教師として赴任してきたのが村上成之である。文明はのちに、彼の斡旋によって上京、伊藤左千夫方に寄食、歌人として大成する道をひらかれることになる。

この村上成之は根岸派の歌人であると同時に、蚋魚とも号する内藤鳴雪門の俳人であった。鬼城との交わりは、「ホトトギス」誌上で鬼城の名を知った彼が、赴任の年の秋、その住居をたずねて以来である。

この時期まだ目立つ存在ではなかった鬼城が、一躍、人に知られるようになったのは、大正二年高崎に虚子を招いてひらかれた俳句会での出来事が大きい。鬼城作品を天位にとった虚子が講評の中で、高崎に俳人鬼城ありと賞賛した話は有名である。このときの句は、「百姓に雲雀揚つて夜明けたり」。

五十歳間近の貧俳人であった鬼城は以後、弱者への共感をこめた独自の境涯詠を確立してゆく。小さな生きものに自己を投影した「冬蜂の死にどころなく歩きけり」「闘鶏の眼つぶれて飼はれけり」のほか、「残雪やごうくくと吹く松の風」の堂々たる風土詠も忘れられない。

村上成之との交情は日増しに深く、それは成之が大正十三年中学を辞して故郷に帰り急逝するまで続いた。

鬼城と文明をつなぐ線は見当たらない。別々の交流の一点に村上成之がいるだけである。ただ、成之が赴任してくる以前、「ホトトギス」に投稿したこともある文明と、師の成之との間で、鬼城の名が話題にのぼることはなかっただろうかと想像するばかりである。

早苗とる手もとや昔しのぶ摺り　　芭蕉

窓に青空が広がっていた。いっぺんに眼が覚めて、身支度も早々に外へ出るとはらはらと細かい雨粒が顔に来た。ものの三十分もしない間の天気の変化である。

前日、福島駅を発って郡山で連れの一行と別れたあと、会津若松に宿をとった。ざんざ降りの夕方で、教えて貰った鰻屋で食事をした以外はホテルを出ずに過ごした。その翌朝だったから、晴天を期待したのだけれどどうやら雨に憑かれてしまったらしい。それでも急ぐ用事があるわけではなし、小一時間も歩けば鶴ヶ城には着くだろう。マフラーと傘に身をかためて歩きだした。ときおり雲の間から青空が覗く。傘を開いたり閉じたりせわしいことである。時雨、というにふさわしい降りかただなと思いながら遠くを眺めると、この辺りからは三方に低い山並が見える。こういう地形に起こりやすい気象なのかもしれない。

三、四十分も歩いたころ、大通りを横切る脇道に鄙びた構えの店舗を見かけた。何とはなしに心惹かれてガラス戸を開けて入ってみると、絵蠟燭がこまごまと置かれている。町に三軒残るという絵蠟燭店の一軒だった。出て来たのは隣のおばさんといった感じの親しみやすい婦人で、さほど広くない店内で思いがけなく長居をしてしまった。鴨居に短冊様の木片が留められていて何か書いてある。

一本を灯して梅雨の蠟燭屋　　和子

聞いてみると、分家である親戚の者が書いてくれたのだ、とさっぱりした返事である。勿体をつけない人柄のようだった。季節は違うけれど、雨で薄暗い店の中の気分によく似合った句に感心して、手ぶらで店を出るのが心残りになった。蠟燭は、絵の描かれたものよりも赤く塗っただけの素朴なほうが気に入って、紅白を対にして包んでもらった。ついでに半月形の小さな香立ても一緒に。どちらも安価である。自分用にはちょうどいい。帰ってからの愉しみが出来た。

こんなふうに意外なところで俳句に出会うことがある。人それぞれ日常生活のなかのささやかな潤い。庶民の〈詩〉。

前々日に案内してもらった信夫の里は『おくのほそ道』に名高い。「弥生も末の七日」に江戸を出立した芭蕉と曽良が陸奥の玄関口、白河にさしかかったのは卯の花の季節。阿武隈川を渡り、磐梯山をのぞみつつ、須賀川宿を後にしてようやく歌枕、信夫の里の〈しのぶもぢ摺り〉石に至る。現代では新幹線の福島駅から車であっという間に着いてしまう。

歌枕を尋ねて旅をつづけた芭蕉に、旧蹟の多くは亡び、姿を変え、「その跡たしかならぬことのみ」だったようである。文字摺石も例に洩れなかったが、ここで、

早苗とる手もとや昔しのぶ摺り

を詠んでいる。「句としては即興的な軽い作」（潁原退蔵）とされるが、故事を眼前の田植と重ねて、女性の労働の姿に優しい情趣を添えている。

芭蕉は庶民の暮らしに心を寄せる人だった。

あとがき

本書は〈現代俳句を読む〉〈秀句の風景〉の二章に分かれます。〈現代俳句を読む〉は二〇一四年一月から二〇一六年十二月まで「梟」誌に載せていただいたもの。

俳句の発信・享受の場はここ十年ほどに限っても大きく変化してきました。結社の枠を越え、さらには他ジャンルとの交流その他、多彩な状況が展開され、インターネットの使用にも拍車がかかっています。今後ますます加速していくことでしょう。そんな中で俳句自体の実質的な向上を問う声も底流として聞こえてきます。

まずは先入観なしに作品に向き合ってみよう、そこからしか始まらないというのが、書いている間ずっと感じていたことでした。

本書では月々の各総合誌・結社誌・句集からの作品を基にしていますが、目配りの至らなさに忸怩としつつ、それでも多様な俳句群に出会えたのは楽しい体験でした。

〈秀句の風景〉は同人誌「雁坂」（終刊）での連載。「雁坂」とのご縁はもともと、句会の応援にと謙遜なお誘いを戴いての参加でしたが、そのうち文章もということになって気儘に書かせていただいた小文です。今回思いがけなく日の目を見る機会を与えられて、忘れていた自分を思い出すような面映ゆさでした。当時からだいぶ時間が経っていますが、ほぼそのまま収めてあります。

齋藤愼爾氏には刊行のお勧めと、さまざまなご教示を賜りました。深く感謝申し上げます。

二〇一九年六月

原　雅子

人名索引

あ

か

さ

た

著者プロフィール

原　雅子　はら・まさこ

一九四七年、東京生まれ。
二〇〇二年、現代俳句協会年度賞受賞、
二〇〇五年、第五十一回角川俳句賞受賞。
現在「梟」同人。「窓」代表。
現代俳句協会会員。日本文藝家協会会員。
句集『日夜』『束の間』、著書『ポイント別
俳句添削講座』、共著『鑑賞女性俳句の世
界4』『相馬遷子―佐久の星』。

俳句の射程　秀句遍歴

二〇一九年八月二十六日　初版第一刷発行

著　者　原　雅子
発行者　齋藤愼爾
発行所　深夜叢書社
郵便番号一三四―〇〇八七
東京都江戸川区清新町一―一―三四―六〇一
info@shinyasosho.com
印刷・製本　株式会社東京印書館

ISBN978-4-88032-453-1 C0095